3個問號偵探團

10

外星疑雲

文 晤爾伏・布朗克

圖 阿力

譯 姬健梅

企劃緣起

現在，開始讀少兒偵探小說吧！

親子天下閱讀頻道總監／張淑瓊

閱讀也要均衡一下

為什麼要讀偵探小說呢？偵探小說是一種非常特別的寫作類型，臺灣這幾年奇幻文學大發燒，類似的故事滿坑滿谷；除了奇幻故事之外，童話或是寫實故事也是創作和閱讀的大宗。偵探和冒險類型的小說相對而言就小眾多了。不過，偵探小說在全世界可是佔有很大的出版比例，光是看這兩年一波波福爾摩斯熱潮，從出版、電視影集到電影，就知道偵探小說的魅力有多大了。

但在少兒閱讀的領域中，我們還是習慣讀寫實小說或奇幻文學為主，畢竟考試當前，升學掛帥，能撥出時間讀點課外讀物就挺難得了，在閱讀題材的選擇上，通常就會以市面上出版量大的、得獎的、有名的讀物爲主。殊不知，偵探故事是少兒最適合閱讀的類型，因爲它不只是一種文學，更是兼顧閱讀和多元能力養成的超優選素材。

成長能力一次到位

偵探小說是一種綜合多元的閱讀類型。好的偵探故事結合了故事應該有的精采結構、主角們在不疑之處有疑的好奇心和合理的懷疑態度，還有持續追蹤線索過程中的耐心與熱情，解答問題過程中資料的蒐集解讀、推理判斷能力的訓練，遇到難處或危險時需要的勇氣和冒險精神、機智和靈巧，還有和同伴一起團隊合作的學習，和面對彼此性格態度不同時的衝突調解和忍耐體諒。這些全部匯集在偵探小說的閱讀中，厲害吧！

閱讀偵探故事，可以讓孩子在潛移默化中培養好奇心、觀察力、推理邏輯訓練、資料蒐集能力、團隊合作的精神、人際互動的態度……等等。這麼優質的閱讀素材，怎麼能在孩子的閱讀書單中缺席呢！這就是爲什麼我們一直希望能出版一套給少兒讀的偵探小說系列。

閱讀大國的偵探啓蒙書

去年我們在法蘭克福書展撈寶，鎖定了這套德國暢銷三百五十萬冊、全球售出多國版權的【三個問號偵探團】系列。我們發現臺灣已經有了法國的「亞森羅蘋」、英國的「福爾摩斯」，還有我們出版的瑞典的「大偵探卡萊」，現在我們找到以自律、嚴謹聞名的閱讀大國德國所出版的「三個問號偵探團」，我們希望讓臺灣的讀者們也可以和所有的德國孩子一樣享讀這套「偵探啓蒙書」。跟著三個問號偵探團一樣，隨時準備好所有行動需要的工具，體會「空氣中突然充滿了冒險味道」的滋味，像他們一樣自信的說：「解開疑問就是我們的專長」。我們希望孩子們在安全真實的閱讀環境中，冒險、推理、偵探、解謎！

推薦文

好文本×好讀者＝享受閱讀思考的樂趣

臺灣讀寫教學研究學會理事長／陳欣希

偵探故事是我最愛的文類之一。此類書籍能帶來「閱讀懸疑情節」和「與書中偵探較勁」的樂趣，但，能否感受到這兩種樂趣會因「文本」和「讀者」而異。以認知心理學的角度來看，「令人感興趣」即表示「大腦注意到並能理解」；容易被大腦注意到的訊息有兩種：新奇和矛盾，讀者愈能主動比對正在閱讀的訊息與過往知識經驗的異同，愈能將文字敘述轉爲具體畫面並拼出完整圖像，就愈能享受閱讀思考的樂趣。但，正邁向成熟的小讀者，仍在培養這種自動化思考的能力，於是，文本的影響力就更大了。

了解前述原理，再來看看【三個問號偵探團】，就不難理解這系列書籍能讓人一口氣讀完而忽略長度的原因了。

「對話」，突顯主角們的關係與性格

文中的三位主角就像其他偵探一樣，有著「留意周遭、發現線索、勇於探查」的特質，不一樣的是，多了「合作」。之所以能合作，友誼是主要條件，但另一條件也不可少，即，各有專長。此外，更不一樣的是，這三位主角也會害怕、偶爾也會想退縮，但還是因為友誼，外加「幽默」，讓他們即使身陷險境，仍能輕鬆以對。要如何感受到三位偵探間的深厚情誼以及各自鮮明的個性特質呢？請留意書中的「對話」！

「情節」，串連故事線引出破案思惟

情節安排常會因字數而有所受限制，或是案件的線索太明顯、眞相呼之欲出，連讀者都能很快的知道事件的原由；或是線索太隱密，讓原本就過於聰明的偵探一眼識破，而一頭霧水的讀者只能在偵探解說時才恍然大悟。這系列書籍則兼顧了兩者。書中的數個情節，看似無關，但卻有條細線串連著。只要讀者留意一些看似突兀的插曲，留意加入故事的新人物，其實不難發現這條細線，更能理解主角們解決案件的思惟。

【三個問號偵探團】這系列書籍所提到的議題，是十歲小孩所關切的。再加上文字描述能讓讀者理解主角們的性格與關係，讓讀者有跡可尋而拼湊事情的全貌。簡言之，對十歲小孩來說，此類故事即能帶來前述「閱讀懸疑情節」和「與書中偵探較勁」的雙重樂趣。對了，想與書中偵探較勁嗎？可試試下列的閱讀方法：

閱讀中

根據文類和書名以形成假設

（我知道偵探故事有哪些特色，再看到書名，我猜這本書的內容是什麼？）

←

尋找線索以形成更細緻的假設

（我注意到作者安排另一個角色或某個事件，可能與故事發展有關……）

（我注意到的線索、形成的假設，與書中偵探的發現有何異同？）

←

帶著假設繼續閱讀

←

連結線索以檢視假設

（哪些線索我比書中偵探更早注意到？哪些線索是我沒留意到？是否回頭重讀故事內容？）

推薦文

【三個問號偵探團】＝偵探動腦＋冒險刺激＋幻想創意

閱讀推廣人、《從讀到寫》作者／林怡辰

「老師，你這套書很好看喔！我在圖書館有借過！」、「我覺得這集最好看，老師這本你可以借我嗎？」自從桌上放了全套的【三個問號偵探團】，已經好幾個孩子過來「關注」：刺激、有趣、好看、一本接一本停不下來。都是他們的評語。

是的，【三個問號偵探團】就是一套放在書架上，就可輕易呼喚孩子翻開的中長篇偵探故事，每一本書都是一個驚險刺激的事件，場景從動物園、恐龍島、幽靈鐘、鯊魚島、古老帝國、外星人……光看書名，就覺得冒險刺激的旅程就要出發，隨著旅程探險，案件隨時就要登場！

故事裡三個小偵探，都是和讀者年齡相仿的孩子，十歲左右的年齡，帶著小熊軟糖、到達祕密基地，彼此相助和腦力激盪；勇氣是標準配備，細心觀察和思考是破案關鍵；好奇加上團隊合作，搭配上孩子最愛動物園綁架、恐龍蛋的復育、海盜、幽魂鬼怪神祕、幽靈船的膽戰心驚、陰謀等關鍵字。無怪乎，這套德國出版的偵探系列，一路暢銷、至今不墜，也輕易擄獲眾多國家孩子的心。

最值得一談的是，在書中三個小主角身上，當孩子閱讀他們的心裡的話、思考的模式：正面、善良、溫柔、正義；雖有掙扎，但總是一路向陽。讀著讀著，正向的成長性思維和不畏艱難的底蘊，輕鬆遷移到孩子大腦。

而且，這套偵探書籍和其他偵探系列的最大不同，除了場景都有豐富的冒險元素外，敘述和文字掌控力極佳，翻開書頁彷彿看見一幕幕畫面跳躍過眼簾，細節顏色情感，讀來感嘆萬千。不只偵探的謎底和邏輯，文學的情感和思考、情緒和投入，更是做了精采的示範！

在細緻的畫面中，從文字裡抽絲剝繭，一下子被主角逗笑、一下子就緊張的捏緊了拳頭。理解、整合、思考、歸納、分析，文字量適合剛跳進橋梁書的小讀者，當成偵探小說的第一次接觸。在享受文字帶來的冒險空氣裡、抓緊了書頁，靈魂跳進了迷幻多彩的偵探世界，大腦不禁快速運轉，在小偵探公布謎底前，捨不得翻到答案：「解開疑問就是我們的專長！」怎麼可以輸給三個問號偵探團呢！

就讓孩子一起乘著書頁，成爲三個問號偵探團的第四號成員，讓孩子靈魂一起在文字裡探索、線索中思考、找到細節解謎，享受皺眉困惑、懸疑心跳加速，最後較量著誰能提早解謎，在三個偵探團的迷人偵探世界翱翔吧！

推薦文

值得被孩子看見與肯定的偵探好書

彰化縣立田中高中國中部教師／葉奕緯

在破舊鐵道旁的壺狀水塔上，一面有著白藍紅三個問號的黑色旗幟，隨風搖曳著，而這裡就是少年偵探團：「三個問號」的祕密基地。

開頭便用破題的方式進入事件，讓讀者隨著主角的視角體驗少年的日常生活，也在他們推敲謎團並試圖解決的過程中逐漸明白：這是團長佑斯圖的「推理力」，加上鮑伯的「洞察力」以及彼得的「行動力」，三個小夥伴們齊心協力，冒險犯難的故事。

而我們未嘗不也是這樣長大的呢？與兒時玩伴建立神祕堡壘、跟朋友間笑鬧互虧、跟夥伴玩扮家家酒的角色扮演，和大家培養出甘苦與共的革命情感——我們都是佑斯圖，也是鮑伯，更是彼得。

從故事裡不難發現，邏輯推理絕不是名偵探的專利。我們只需要一些對生活的感知力，與一點探索冒險的勇氣，就能擁有解決問題的超能力。

某日漫步街頭，偶然看見攤販店家為了攬客而掛的紅色布條，寫著這樣的宣傳標語：「感謝XX電視台、○○新聞台，都沒來採訪喔！」看似自我解嘲的另類行銷，其實也在默默宣告著：「我們沒有強大的外援背書，但我們有被人看見的自信。」

【三個問號偵探團】系列小說，也是如此。

沒有畫著被害人倒地輪廓的命案現場、百思不解的犯案過程，以及天馬行空的破案手法等各式慣見的推理元素，書裡都沒有出現；有的是十歲孩子的純眞視角、尋常物件的不凡機關、前後呼應的橋段巧思，以及良善正向的應對態度。

或許不若福爾摩斯、亞森羅蘋、名偵探柯南、金田一等在小說與動漫上的活躍知名，但本書絕對有被人看見的自信，也值得在少年偵探類受到支持與肯定。

我們都將帶著雀躍的心情翻開書頁，也終將漾著滿足的笑容闔上。

來，一起跟著佑斯圖、鮑伯與彼得，在岩灘市冒險吧！

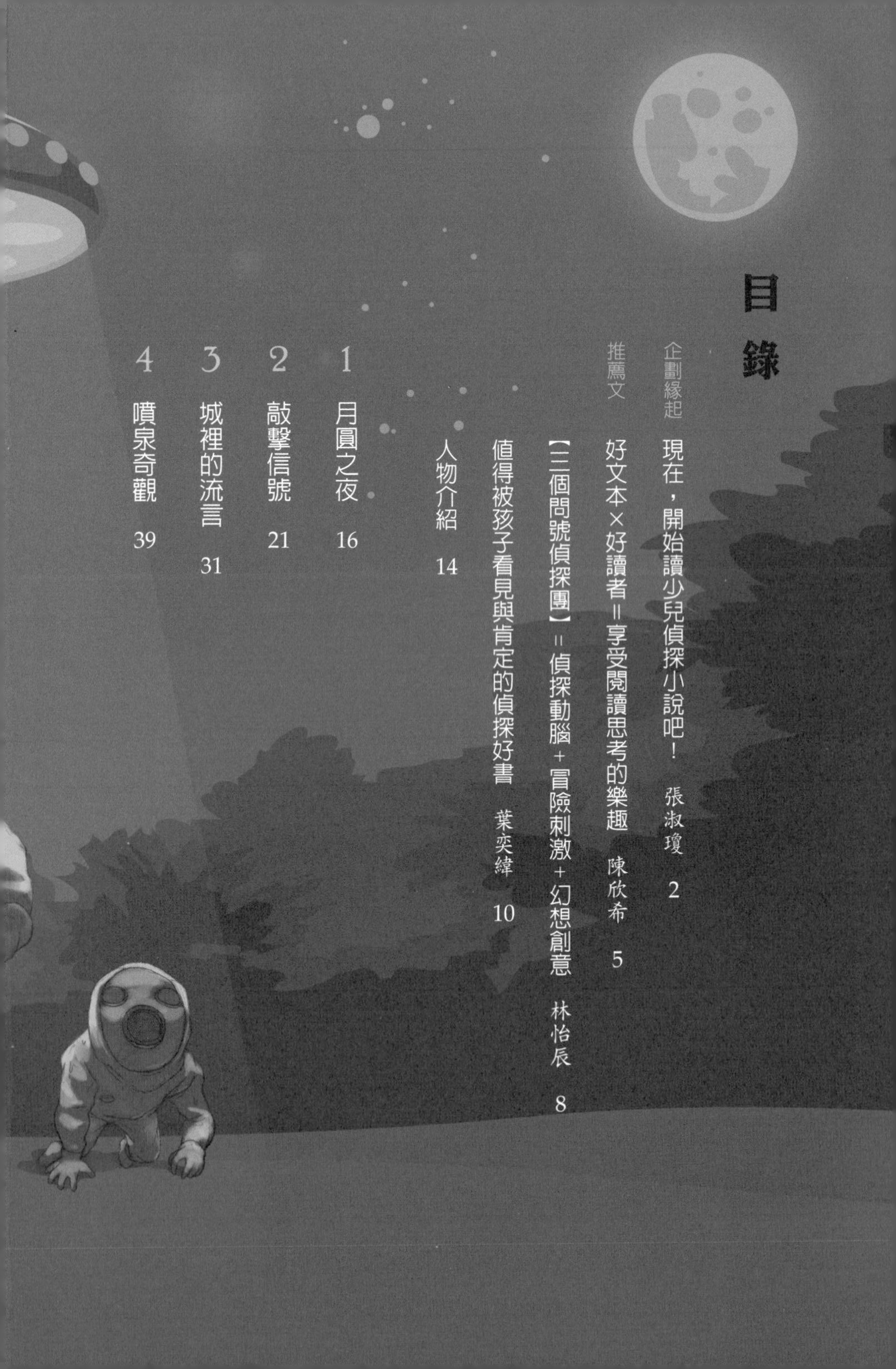

目錄

人物介紹

藍色問號：彼得．蕭

年齡：十歲

地址：美國岩灘市

我喜歡：游泳、田徑運動、佑斯圖和鮑伯

我不喜歡：替瑪蒂妲嬸嬸打掃、做功課

未來的志願：職業運動員、偵探

紅色問號：鮑伯．安德魯斯

年齡：十歲

地址：美國岩灘市

我喜歡：聽音樂、看電影、上圖書館、喝可樂

我不喜歡：替瑪蒂妲嬸嬸打掃、蜘蛛

未來的志願：記者、偵探

白色問號：佑斯圖．尤納斯

年齡：十歲

地址：美國岩灘市

我喜歡：吃東西、看書、未解的問題和謎團、破銅爛鐵

我不喜歡：被叫小胖子、替瑪蒂妲嬸嬸打掃

未來的志願：犯罪學家

1 月圓之夜

午夜已經過了很久，佑斯圖．尤納斯還是睡不安穩，在床上翻來翻去。一輪滿月從敞開的窗戶直接照進他房間，蟋蟀在窗外唧唧鳴唱。佑斯圖掀開被子，慢步走到窗前，望向整座舊貨回收場。到處都堆著舊輪胎和生鏽的鐵製零件，像一座座小山。從他有記憶以來，這就是他熟悉的景象，可是這一次，回收場上有股特別的氣氛。一陣涼風從附近的太平洋迎面吹來，讓他背上起了雞皮疙瘩。突然，他聽見

一個奇怪的聲響。起初他以為那是一隻貓，可是那輕輕的嘎吱聲卻漸漸變成了嚇人的劈里啪啦，有節奏的陣陣響起。佑斯圖豎起耳朵聽了好幾分鐘，幾乎不敢呼吸。最後，他的好奇心戰勝了恐懼，於是他穿上了球鞋。

為了避免在樓梯間碰到瑪蒂妲嬸嬸，他從窗戶爬出去，小心的溜到工具棚的屋頂上。工具棚位於他房間正下方，在這棟屋子的一樓，堆放著提圖斯叔叔最喜歡的舊貨。

佑斯圖踮起腳尖，朝著那個嚇人聲音傳過來的方向一步步走過去。天空布滿星星，明亮的月光替他照亮了路。他小心的從狹窄的通道擠過去，經過一堆堆的電腦外殼、壞掉的冷氣機和電視機。那個奇怪的聲響就是從前面傳來的。佑斯圖小心的把一大塊鐵板推到旁邊，鐵板後面是一個生鏽的冰箱，冰箱上放著一架古老的留聲機，上面的擴音器很大，是漏斗狀的。這種老舊的唱機在提圖斯叔叔的舊貨回收場裡並不希罕，可是這個唱機的唱盤上居然有一張唱片在轉動，唱針不停的在布滿灰塵的唱片溝槽上移動。這真是件怪事，因為要使用這種古老的留聲機，必須先轉動一根手搖曲柄。難道還有其他人在這座回收場上嗎？

那個聲響戛然而止，唱盤也突然不再轉動。換成一陣輕輕的嗡嗡聲夾雜在深夜的寂靜中——是那部冰箱。佑斯圖心想：這不可能啊，冰箱沒有電就無法運作。他看著冰箱旁邊被剪斷的電線，不敢相信果真是冰箱在嗡嗡作響。這部冰箱十分老舊，上面有生鏽的小洞，明亮的光線從裡面透出來。佑斯圖不禁向後退了一步。接著那道光線換了顏色，變成一種奇異的綠色。那光線一會兒亮，一會兒暗，隨著他心跳的節奏跳動。

佑斯圖彷彿麻痺似的站在冰箱前面，出神的看著那道光。那些光線像是具有吸引他的魔力。他慢慢伸出手，摸到了冰箱門上的把手。把手是冰冷的。他猛然打開冰箱的門，一團團涼霧冒出來，拂過他的雙腿。那道刺眼的亮光現在變成冷冽的藍色，讓他睜不開眼睛。他眨著眼，小心的往裡面看。

他簡直不敢相信自己的眼睛：冰箱裡面擺著一顆蛋，比雞蛋稍微大一點，表面發出金屬般的光澤。佑斯圖太好奇了，忍不住小心的把手伸進冰箱，同時蹲了下來。那顆蛋被濃霧籠罩，佑斯圖的手指離它只有幾公釐了。就在這一刻，一個像觸手的東西從冰箱深處竄出來，抓住他的手臂。一聲尖叫卡在他的喉頭。他用力張開眼睛，看見一張熟悉的臉孔——是瑪蒂妲嬸嬸。她說：「佑斯圖，沒事了。你只是做了個夢。」

2

敲擊信號

過了好一會兒，佑斯圖才鎮定下來。嬸嬸仍然緊緊抓著他的手臂。「你一定是做了個惡夢。還好我上樓來把你叫醒。」

佑斯圖把汗溼的額頭在枕頭上擦乾，迷迷糊糊的問：「現在幾點了？」

「馬上就八點了。你那兩個朋友已經在樓下門廊上等你了。下來吧，我替你們準備了早餐。」

佑斯圖喃喃的說：「希望早餐沒有蛋。」

彼得和鮑伯坐在木頭圓桌旁邊，手裡拿著特大號的起士三明治，心情很好。

「哈囉，佑佑，我們還以為你在節食呢。」鮑伯．安德魯斯笑著說，說完在三明治上咬了一大口。

佑斯圖太疲倦了，懶得回嘴，就假裝沒有聽見鮑伯開的玩笑，只說：「抱歉，我睡過頭了。不過，我可以告訴你們一件事……」

「什麼事？」彼得．蕭問，他嘴裡塞滿了麵包。

佑斯圖說：「夜裡千萬不要在回收場上亂逛。」接著他就把他做的夢說給他們聽。

鮑伯喝了一大口茶，把吐司吞下去，然後說：「唉，為什麼瑪蒂妲嬸嬸要去叫醒你？現在我們永遠不會知道那是顆什麼蛋了。」

彼得插嘴說：「換作是我，我就會很高興有人來叫醒我。那顆金屬蛋一定是來自外太空。一段時間以後，保證會有某種噁心的東西從蛋裡孵出來。我可以告訴你們：我很慶幸那東西沒有跟我們一起坐在這張早餐桌旁。」

鮑伯用兩根食指把嘴巴拉開，做了個鬼臉。「地球人，你這麼有把握嗎？」

他們哈哈大笑，在笑聲中突然聽見瑪蒂妲嬸嬸大喊：「佑斯圖，你可以過來一下嗎？我在廚房聽見了一個很奇怪的聲音。」這下子，三個男孩的笑聲卡在喉嚨裡。

瑪蒂妲嬸嬸走過來，看見他們的模樣，詫異的問：「你們怎麼這副表情？提圖斯叔叔剛好到市區去了，不然我就會叫他來看。」

佑斯圖心情忐忑的走進廚房。彼得和鮑伯緊跟在他後面。

「您是在哪裡聽見那個聲響的？」彼得緊張的問。

瑪蒂妲嬸嬸回答：「這裡，就是從洗碗槽裡面傳出來的。也許是有什麼東西卡在排水管裡，所以才會喀答喀答的響？」

三個小偵探豎起耳朵，聽了一陣子，然後他們也聽見了。佑斯圖鬆了一口氣說：「瑪蒂妲嬸嬸，你說的沒錯。我猜是有個東西從排水槽滑下去了，結果卡在下面的水管裡。我們會去地下室檢查一下。」

他的兩個朋友很驚訝。當他們走在通往地下室的樓梯，彼得小聲的問佑斯圖：「想想你做的夢！你不害怕嗎？」

佑斯圖堅定的回答：「假如我害怕，那我不就是相信夢境，而不相信我的理智嗎？」

在地下室的一角有各種管線經過。佑斯圖對這個地方很熟悉，因為他和提圖斯叔叔曾經好幾次在這裡修理東西。

「如果你們發現了什麼，就喊我一聲。我得再回樓上了！」瑪蒂妲嬸嬸從樓梯上對他們喊，說完就走開了。

佑斯圖指著牆壁上一根粗粗的管子。「所有的汙水都從這根管子流出去，再流進下水道。讓我們來聽聽看，那個聲音是不是從這根管子裡傳出來的。」

鮑伯把耳朵貼在管子上。「你猜對了。聽起來甚至比在上面還大聲，像是有個金屬零件敲著管子。」

彼得也豎起耳朵聽，說出他的猜測：「也許是瑪蒂妲嬸嬸洗碗的時候把一根小湯匙沖進水管裡。」

這時，一股水流從上面沖進水管中。佑斯圖捏著下唇說：「嬸嬸剛剛放掉了洗碗槽裡的水。如果真的有根湯匙卡在水管裡，要不了多久，水管就會塞住。去年就發生過類似的事。」

「那你們當時是怎麼處理的？」鮑伯問。

佑斯圖說：「這根水管的末端有一個小蓋子，可以用螺絲起子轉開。從那裡可以把一根能夠彎曲的鐵絲伸進去。修水管的師傅把這種鐵絲叫做水管疏通器。為了保險起見，我想我們最好也這麼做。等到有很多東西附著在那根湯匙上，把水管塞住，那就太遲了。」

鮑伯一點也不贊成這個提議。「我覺得我們還是等你叔叔回來再說。水管裡面一定臭得要命。」

彼得也這麼想。「再說，我們根本不知道那到底是不是一根湯匙。」

佑斯圖笑著說：「不然會是什麼呢？難道你們以為會是一隻老鼠躲在裡面嗎？別胡思亂想了。而且我敢打賭，如果我們把問題解決，提圖斯叔叔會賞我們一點零用錢。」

最後這一點說服了他的兩個朋友，因為他們的零用錢早就花光了。佑斯圖拿了一把螺絲起子，打開水管上那個小蓋子。一股難聞的氣味在地下室瀰漫開來。接著他拿起那條捲起來的粗鐵絲，把前端插進水管。「現在我把鐵絲一點一點的往裡面推，你們慢慢把鐵絲捲鬆開！」

那根鐵絲愈往水管深處伸進去。

鮑伯問：「怎麼樣？佑佑，你感覺到什麼了嗎？」

「沒有，到目前為止，我還沒有感覺到任何阻力。」佑斯圖回答。鐵絲繼續一截一截的消失在水管裡。

鮑伯有點不安，勉強笑著說：「我們馬上就要通到太平洋了。」

佑斯圖停住了。「好吧，讓我們檢查一下，看看我們是不是逮到那個東西了。」

他們把耳朵緊緊貼在水管上聽了一分鐘。當他們不再聽見任何聲音，佑斯圖鬆了一口氣，開始把那根鐵絲拉出來，一邊說：「行動成功了。你們過來幫幫我吧！」

彼得和鮑伯一起動手，同時扯動那根鐵絲。可是他們突然嚇了一跳，愣在那裡，因為在另一端有個東西用力把鐵絲往回拉。接著水管裡還傳出一陣恐怖的沙啞笑聲。三個小偵探驚慌失措的往後一跳，扯著嗓門大聲尖叫，衝上了離開地下室的樓梯。

3

城裡的流言

三個問號踉踉蹌蹌的爬上樓，正好和提圖斯叔叔撞個正著。提圖斯叔叔笑著問：「你們是怎麼啦？難道在地下室碰到鬼了嗎？」三人根本笑不出來。

「有個東西躲在下面的水管裡。」彼得結結巴巴的說，一邊從提圖斯叔叔身旁溜過去。

「我知道，瑪蒂妲嬸嬸跟我說了。很可能她在洗碗的時候又讓什

麼東西流下去了。」提圖斯叔叔說。他朝地下室看了一眼，又說：「啊，看來你們試過去修水管了。做得好。」

佑斯圖把剛才發生的事告訴他，可是提圖斯叔叔顯然覺得那沒什麼大不了。「喔，水管疏通器大概是在哪裡卡住了，才會猛然往回拉。這很正常。」

「那麼，從水管裡傳出來的那陣笑聲呢？」鮑伯吞吞吐吐的說。提圖斯叔叔笑了，「在一條臭水管裡有什麼好笑的？我想是鐵絲刮到了水管內側，就像老舊唱機的唱針一樣。」聽到這話，佑斯圖嚥了一口口水。

不久之後，排水管上的蓋子就又被轉緊，三個男孩坐在門廊的藤椅上。瑪蒂妲嬸嬸替他們端來果汁，他們沒人願意再去回想地下室裡所發生的事。太陽已經高掛在天上，熱氣漸漸在舊貨回收場上聚積。提圖斯叔叔從小貨車上卸下好幾個紙箱。突然，他伸手在額頭上一拍，「糟了，我把最重要的東西忘在波特的店裡了。」

「難道你忘了我的洋菜粉嗎？今天我打算要煮果醬！」瑪蒂妲嬸嬸擔心的從廚房打開的窗戶向外喊。

叔叔說：「我沒有忘記，洋菜粉在這裡。我缺少的是修理割草機要用到的火星塞。我一定是把它留在波特的店裡了。唉，真氣人，這個零件需要訂購，我等了一個星期才拿到的。」

「波特先生的店裡也賣這種東西嗎？」鮑伯訝異的問。

叔叔說：「波特的店裡什麼都賣。對了，你們今天有什麼計畫嗎？」三個男孩看看彼此，聳聳肩膀。本來他們打算去海邊游泳，可是現在看來，他們大概有機會多賺點零用錢。

於是叔叔說：「很好，那你們就趕快騎車去波特的店吧，去幫我把那個零件拿回來。怎麼樣？每個人兩美元？」

聽見這話，佑斯圖、彼得和鮑伯立刻就朝他們的腳踏車衝過去。反正要去海邊游泳還有的是時間。

不久之後，他們抵達了岩灘市的市集廣場，把腳踏車鎖在波特先生的店門口。在這個時間，店裡擠滿了人，收銀檯前面大排長龍。

「運氣真差。」鮑伯嘀咕了一聲。

但他們隨即去排在一位老太太後面。她手裡抱著一隻小狗，正情緒激動的跟排在她前面的婦人說話。「我告訴你：事情糟透了。我一整個晚上都沒睡好。一直有個聲音，啪答啪答、喀嚓喀嚓的，真嚇人。就連我的小波都睡不著。對不對，小波？」那隻小胖狗無精打采的看著老太太，她拆開一包狗餅乾，把餅乾塞進牠嘴裡。

另外那個婦人猛點頭。「我們家也一樣。當我們後來又聽見這個聲音，我先生就打電話給消防隊，可是一直佔線。」

佑斯圖突然插話：「對不起，請問那些聲音是從你們家的廚房傳出來的嗎？」

兩個太太驚訝的看著他。「是啊，先是從廚房，後來甚至是從浴室。真嚇人。」

談論著這些詭異聲響的人還不止她們兩個。幾乎店裡所有的顧客都在交頭接耳。收銀臺檯前面有個男子在問店裡有沒有水管疏通器。

波特先生的回答令那人失望了，「這位先生，很抱歉，最後一個水管疏通器在一分鐘前剛剛賣掉。不過，我還有很棒的捕鼠器可以賣給您。」

「捕鼠器？」那個老太太嚇了一跳，用沙啞的聲音問。她一邊把那隻胖狗摟得太緊，害牠把嘴裡的餅乾又吐了出來。

波特先生把鉛筆插在耳朵後面。「那當然是汙水管裡的老鼠在作怪。不然還會是什麼？水管裡既陰涼，又總是有東西可吃。」

收銀檯前面那個男子立刻就買了三個捕鼠器。

輪到這三個小偵探了，波特先生把裝著火星塞的小紙盒遞給他們，一邊說：「唉，提圖斯也老囉，總是忘東忘西的。怎麼樣，你們也需要捕鼠器嗎？」

佑斯圖把紙盒塞進口袋，搖搖頭說：「我無法想像那些生物會是老鼠。」他的嗓門很大，大家都聽得到。突然之間，店裡一片安靜，大家都不再交談。

波特先生問：「什麼生物？」一副摸不著頭腦的表情。

佑斯圖等了一會兒才回答：「對，『生物』。還是說，您曾經見過會說話的老鼠？」說完他就轉身走出這家店。

這下子大家全都忍不住了，激動的七嘴八舌，議論紛紛。

「你們聽到了嗎？」那個老太太結結巴巴的說，「他們家裡有會說話的老鼠。來，小波，留在媽媽身邊。」

彼得和鮑伯跟著佑斯圖走到街上。彼得說：「佑佑，你亂講些什麼？我們在地下室裡聽到的頂多像是一陣沙啞的咳嗽。」

佑斯圖咧開嘴巴笑了。「那又怎麼樣，誰要是會咳嗽，自然也會說話，不是嗎？」

4 噴泉奇觀

三個問號連忙跳上腳踏車，忍不住笑個不停。騎到噴泉旁邊時，鮑伯停了下來，擦掉眼鏡上幾滴笑出來的眼淚。「我敢打賭，一百年以後岩灘市的人還會說起這件事：瑪蒂妲嬸嬸家有會說話的老鼠，長得跟人一樣高。笑死我了。」

他們在「喬凡尼咖啡館」各買了一個冰淇淋，在噴泉的邊緣坐下。噴泉裡豎立著消防員弗瑞德的雕像，水從他所拿的水管裡噴出

來，嘩啦啦的落在圓形水池裡。

市集廣場現在很熱鬧。一小群人聚集在波特先生的小店前面，熱烈的交談。那個老太太揮舞著手臂，指著他們三個。

「佑佑，這下子可糟了。他們朝我們走過來了。」彼得小聲的說。

老太太帶著她的狗激動的朝他們走過來，那群人跟在她後面。她劈里啪啦的對佑斯圖說：「嘿，你再把話說清楚一點，你之前說的會說話的老鼠是怎麼回事！如果事情沒有馬上澄清，我就要離開這座城市，搬到好萊塢我妹妹那裡。」

佑斯圖不需要回答，因為就在這一刻，老太太發出一聲嚇人的尖叫。站在她後面的男子手裡的捕鼠器掉在地上，他步伐踉蹌，差點踩到小波。整座廣場上的人全都著了魔似的望向三個問號。

彼得緊張的輕聲對佑斯圖說：「我想你的玩笑開過頭了。」

這時候波特先生朝他們跑過來，一邊喊道：「小朋友，趕快跑開，而且不要回頭。」

佑斯圖、彼得和鮑伯卻不假思索的回頭看。一看之下，他們全都嚇壞了，鬆手把冰淇淋掉在地上，呆呆的看著消防員弗瑞德的雕像。從雕像手中的水管噴出了血紅色的液體。三個男孩大聲尖叫，拔腿就跑。

接下來的事情發生得很快。一個人開車經過，看見那座噴泉嚇了一跳，撞上了消防栓。一股幾公尺高的水柱噴出來，稀里嘩啦的落在

受驚的人群身上。雷諾斯警探急忙從警察局趕來，在混亂中弄丟了他的警帽。接著，岩灘市響起了火警警報。雷諾斯警探還沒弄清楚狀況，一名警察趕到他身邊，遞給他一個擴音器。

「請注意！請注意！這是警方的通知。請大家保持冷靜，一切都在我們掌控之中，大家不必驚慌。」

雷諾斯警探的話似乎沒有在人群中發揮預期的效果。相反的，大家把雙手舉在頭上，慌張的在廣場上跑來跑去。廣場旁邊一家小旅館的三樓有一扇窗戶打開，一個老人從窗戶裡伸出一面美國國旗，用沙啞的聲音對著廣場喊：「我準備好了！美國萬歲！」

警方花了一個多小時才控制住場面。用紅色封鎖帶封鎖噴泉四周，血紅色的液體仍舊從消防員雕像手拿的水管裡噴出來。

那個老太太拉扯著雷諾斯的制服，別人也攔不住她。她幾乎發不出聲音，勉強擠出一句話：「請宣布進入緊急狀態！」

一輛大車從大馬路上高速駛來，鮑伯激動的指著那輛車說：「你們看！一定是有人通知了媒體。這是『今日加州』的轉播車！」

「今日加州」是好萊塢的一個電視臺。這輛車的車身漆成五顏六色，引人注目，此刻就停在封鎖線前面，從車頂上伸出一個巨大的衛星天線。接著車子側面的一扇拉門打開了，一名女子衝下來，手裡拿著麥克風。

鮑伯很興奮。「真酷，他們要做現場轉播。可惜我們現在沒有電視機可以收看。」

「誰說的？從這裡我們明明可以看得更清楚。」彼得說。

手持麥克風的女子就站在雷諾斯警探面前。她給了前方的攝影師一個信號，深深吸了一口氣。「三、二、一……『今日加州』的蘇珊·桑德斯在岩灘市所做的實況報導。這是一個濱海的寧靜小市鎮。可是，從今天開始，這份寧靜就一去不回了。現在我就站在該市警察局長的面前。」

「我是警探。」雷諾斯打斷了她。

那名女記者不予理會，自顧自的說：「我看到四周民眾驚慌的表情。雷諾斯警長，請問您已經跟訪客有過接觸了嗎？」她把麥克風伸到這名驚訝的警探面前。

「什麼訪客？」他詫異的問。

蘇珊．桑德斯還來不及回答，那個老太太就擠到攝影機前面，插嘴說：「我知道這是怎麼回事。警方知道的比他們所承認的更多。那些外星人長得像老鼠，而且會說話。」她的狗興奮的搖著尾巴。

女記者張大了嘴巴。「他們會說話？」

老太太說：「沒錯，前面那個小胖子甚至跟他們聊過天。」

蘇珊·桑德斯急忙把麥克風朝佑斯圖伸過來，問道：「是真的嗎？」

佑斯圖漲紅了臉，呆呆的看著攝影機，彷彿癱瘓了一樣，然後冒出一句：「我才不胖！」

5

人潮

當三個問號踏上歸途，佑斯圖對剛才發生的事還是耿耿於懷。

「我難得有機會上電視，結果卻發生這種事。希望瑪蒂妲嬸嬸沒有看見。那實在太丟臉了。」

「別擔心，」彼得安慰他，「在這個時間，她一定不會坐在電視機前面。」

他們快抵達舊貨回收場的時候，一輛曳引機以全速朝他們開過

來。

「嘿，那不是藍道夫先生嗎？他一副好像剛剛見到鬼的樣子。」藍道夫在這座城市的南邊經營一座農場。看來，這名農人根本沒注意到三個問號。

不久之後，他們把腳踏車停在提圖斯叔叔家的門廊前面。叔叔從佑斯圖房間窗戶下的工具棚裡走出來，用抹布擦拭沾滿油汙的雙手，一邊問道：「怎麼樣，你們把火星塞拿回來了嗎？」

佑斯圖把那個小盒子遞給他。「在這裡！對了，你有看見瑪蒂妲嬸嬸嗎？」

「當然囉，」叔叔訝異的回答，「她一直在屋子後面的園子裡摘草莓，準備做果醬。你為什麼這麼問？」

「喔，就只是隨便問問。」佑斯圖鬆了一口氣。

提圖斯叔叔笑著說：「好吧，那我要去把火星塞裝進割草機了。你們去廚房裡拿點飲料喝吧。對了，趁著我還沒忘記，這是給你們每個人的兩美元。可是如果這個新的火星塞不管用，我就要把錢討回來。」

接下來那半個鐘頭，三個問號坐在藤椅上，喝著瑪蒂妲嬸嬸自己做的檸檬汽水。

鮑伯先開口：「我覺得岩灘市的人腦筋全都有點問題，一點小事就大驚小怪。」

彼得在杯子裡倒滿檸檬汽水，回了一句：「你把那叫做一點小事？你要怎麼解釋那些紅色的泉水？」

佑斯圖捏著下唇說：「事情的確很奇怪。先是城裡到處都有奇怪的聲響，然後泉水裡又冒出紅色的液體。難怪那些人會開始胡思亂想。」

鮑伯笑著說：「假如你沒有提起會說話的老鼠，大家早就把那些奇怪的聲響拋到腦後了。至於紅色的泉水，也許只是有人不小心倒了一桶紅色顏料到噴泉裡，結果加州就宣布進入緊急狀態。當你又那樣呆頭呆腦的看著攝影機……說不定大家都以為你被外星人洗腦了。」

這番話讓他們三個笑得前仰後合，把檸檬汽水灑得到處都是。

突然，一輛汽車以高速從尤納斯家的土地旁邊開過去。接著又有兩輛車從馬路上呼嘯而過。

彼得站起來，望向回收場的大門，納悶的說：「他們是在賽車嗎？」

不久之後，一輛警車大聲鳴著警笛，追在那些車輛後面。鮑伯跳起來說：「我猜警察要去沒收那些超速駕駛人的駕照。」

等到一架直升機從他們頭上低空飛過，佑斯圖也坐不住了。「我覺得有一件非常奇怪的事情正在醞釀。」

他想的沒錯，因為就在這一刻，「今日加州」的轉播車朝著南邊飛馳而去，後面跟著幾十輛汽車。車隊最後是藍道夫先生的曳引機，行駛時發出「突突突」的聲音。這下子三個問號再也忍不住了。

鮑伯興奮的喊：「那裡一定是發生了什麼事。走吧，快點，我們騎車過去！」

途中又有好幾輛汽車超越他們，每一部車子都開得飛快，厚厚的灰塵落在馬路上。

在一座小山丘背後，他們看見那架直升機在一片土地上方低空盤旋。彼得認得那個地方：「那裡就是藍道夫先生的農場，我爸媽都去那裡買雞蛋。我們必須在前面轉彎，騎上那條泥路。」

飛在低空的直升機噠噠作響，聲音愈來愈大。接著，三個問號抵達了目的地。數不清的汽車橫七豎八的停在一片草地上。到處都有人跑來跑去，或是一小群一小群的聚在一起。這片草地與一大片玉米田相連，警察正忙著用紅色封鎖帶把玉米田封住。

「請大家離開這個地方。這裡沒有什麼好看的。」一個沙啞的聲音從擴音器裡傳出來，是雷諾斯警探努力想叫大家聽他的話。

在人群正中央，藍道夫先生站在蘇珊．桑德斯拿著的麥克風前面。佑斯圖、彼得和鮑伯剛好趕上了現場轉播。一個攝影師站在轉播車的車頂上拍攝。轉播車的車門是拉開的，車上裝滿了電子儀器，一架電視從一堆亂七八糟的電線裡露出來。鮑伯指著電視說：「你們看，現在我們可以在電視上收看『今日加州』的現場轉播。」

「三、二、一……這裡是蘇珊．桑德斯替『今日加州』所做的報導。我就站在傑瑞米．藍道夫的土地前面。事情據說就發生在我身後這片玉米田上。藍道夫先生，請問究竟發生了什麼事？」

這名農人從頭上摘下便帽，緊張的把帽子揉成一團。「喔，我看見了之後，就開著我的曳引機進城，去向雷諾斯警探報告。後來，等我想再開著曳引機回農場，大家都開車跟著我。我的曳引機時速只有每小時十五英里，所以我最慢抵達。」

那名女記者幾乎要把麥克風壓在他臉上，她急切的問：「藍道夫先生，請問您究竟看見了什麼？」

「喔，就是這些奇怪的東西。在那片玉米田裡。昨天晚上還不在那裡。」

蘇珊・桑德斯轉過身去，對著攝影機說：「親愛的觀眾，『今日加州』現在將要讓各位目睹你們一輩子沒見過的東西。現在我們把鏡頭轉到我上方的直升機。」

三個問號朝轉播車上的電視機又挪近一點。在螢幕上可以看見那名女記者指著上方。接著就播出直升機上的攝影機所拍攝的畫面。

「你們看見了嗎？」佑斯圖興奮的喊。

彼得猛點頭，「是啊，真不可思議。在畫面上的轉播車旁邊可以看見我們。我們上電視了！」

佑斯圖往額頭上一拍。「別看我們！你沒有看見那片玉米田出了什麼事嗎？」

6

玉米田上的圓圈

現在彼得也看見了。不知道是什麼東西把田裡好幾個地方的玉米桿壓扁了，在玉米田中央出現了大圓圈和螺旋形狀。

蘇珊・桑德斯的聲音變尖了。「不管各位對這件事有什麼看法。不管您是想到外星人、幽浮還是第三類接觸。我沒有能力解讀這些信號，也不打算去解讀，可是有一點很確定：這不是我們地球人做的。以上是蘇珊・桑德斯為『今日加州』所做的報導，現在把鏡頭交還給洛杉磯的電視臺。」

三個問號仍舊出神的看著電視。現在正播出廣告。

鮑伯若有所思的輕聲說：「太瘋狂了！地球上不再只有我們人類。」

他們上方那架直升機飛走了，朝著南方飛去。四周的人此刻都大聲討論起玉米田上的圓圈。看來就連那位老太太也搭上便車來到這裡。她原本盤得高高的頭髮完全鬆開了，她用難聽的沙啞嗓音說：「我早就知道，總有一天他們會來把我們帶走。他們一定已經在這個地方到處跑了，而且我告訴你們，他們也偽裝成老鼠。」

大家都笑了，笑聲蓋過她接下去所說的話。她的小狗則跑來跑去

的檢查這塊地方。

彼得指著小波笑著說：「說不定他們也偽裝成小胖狗。」

佑斯圖注意到那條狗沿著玉米田到處嗅。「牠好像嗅到了什麼氣味。你們看，現在牠消失在田地裡了。我們跟過去吧，也許牠發現了什麼！」

三個小偵探偷偷的從警察的封鎖線下爬過去，跟著小波進了玉米田。

彼得有點猶豫。「如果這裡的東西全部都被輻射過怎麼辦？」

佑斯圖和鮑伯沒有理會這個膽小的朋友，手腳並用的爬進玉米田深處。

「把頭低下來，否則我們會被逮到！」佑斯圖低聲說。

一會兒之後，他們抵達了其中一個大圓圈。整塊圓形面積上的玉米桿都被壓扁了。

「從這裡根本看不出它是個圓形。」鮑伯說，「要從直升機上往下看才能看出來。」

佑斯圖突然把手指放在嘴脣上。「安靜！你們聽見這個呼嚕呼嚕的聲音嗎？」

彼得嚇得趴在地上說：「我也聽到了。那東西想必就在我們旁邊。」

佑斯圖小心翼翼的把幾根玉米桿往旁邊壓，然後鬆了一口氣。

「警報解除，那只是小波。」那隻小胖狗在地上滾來滾去，嘴裡撕扯著一小塊厚紙板，顯然樂在其中。

「吐出來，小波，吐出來！」佑斯圖用噓聲向那隻小狗示意。「我認為這隻狗正在毀滅寶貴的證據。」

「什麼證據？」鮑伯訝異的問。

佑斯圖把小狗抱起來，一邊去收集那些碎紙片。「我不知道。我只知道在一般情況下，玉米田裡不會有厚紙板。有可能是藍道夫先生隨手從曳引機上丟下來的，不過，這張紙片說不定有其他的意義。」

聽到佑斯圖這番話，彼得和鮑伯都很佩服。他們決定騎車到「咖啡壺」去，把這些小紙片重新拼起來。

三個小偵探趁著沒人注意，偷偷從玉米田裡爬出來，小波則蹦蹦跳跳的回到牠的女主人身邊。

「你總算回來了，」小波受到女主人的熱烈歡迎，「媽媽已經開始擔心了。」老太太在手提袋裡掏來掏去，拿出幾塊狗餅乾，塞進小狗嘴巴裡。

不久之後，三個問號又騎在沿海公路上。

「你總算回來了，我的小小波。」鮑伯模仿著小狗的女主人，「來，這裡還有一大包餅乾，外加三公斤狗骨頭。等你長得夠胖，就可以把你當成足球來踢。」

佑斯圖覺得這種玩笑不怎麼好笑。

7

拼拼圖

現在是正午，太陽高掛在天空上。三個問號很慶幸騎車時揚起的風替他們帶來一點涼意。厚厚的雲層在遠方的地平線上聚集，帶來了溫暖潮溼的空氣。騎了幾公里之後，他們轉進一條小路。路上長滿了植物，如果從旁邊快速騎過，幾乎看不出那是一條路。小路旁的老舊鐵軌被灌木叢掩蓋，只能隱約可見。實在很難想像從前曾有火車在這裡行駛。又騎了兩百公尺之後，三個小偵探就抵達了他們的祕密基

地。他們叫它「咖啡壺」，因為遠遠看過去，它的確像個咖啡壺。這是個廢棄的水塔，從前用來替蒸汽火車頭加水。

他們把腳踏車停好，一個接一個的順著鋼條梯子爬上去。彼得打開咖啡壺底部的一個蓋子，鑽了進去。

一會兒之後，他們三個都蹲坐在這個舊水塔裡。

「看我們會拼出什麼來。」佑斯圖說，一邊把那些碎紙片放在中央的木箱上。接著他們三個同時試著把那些碎紙片拼起來。彼得從他們自己搭建的架子上拿來一瓶膠水。一位好偵探進行調查時所需要的所有工具，在三個問號的祕密基地裡都有。不過，在望遠鏡、指紋粉和手電筒之外，也會有一包餅乾或是ＱＱ熊軟糖。

他們耐心的找出相配的碎紙片，再小心翼翼的黏在一張白紙上。「我覺得小波把幾張碎紙片吞下肚了。我最討厭拼圖拼到最後少了幾片。」彼得懊惱的說。

「我們可以去壓小波的肚子，說不定牠會把那些紙片再吐出來，就像牠把餅乾吐出來一樣。」鮑伯笑著說，作勢把手指頭伸進喉頭。

佑斯圖不受他們影響，拿起一把放大鏡，檢查拼好的部分。「看起來好像是個包裝盒。至少它看起來不像是來自火星的紙盒。」

最後他們拼出了一個奇怪的圖案。彼得氣餒的搖搖頭說：「小波幾乎把所有的字都吃掉了。包裝盒上沒有一個字是完整的。例如，這一個『口』加下面一個『小』是什麼意思？好多筆畫都不見了。」

鮑伯一邊把他的眼鏡擦乾淨，一邊說：「我們可以去請教瑪蒂妲嬸嬸，她很會猜缺了筆畫的字。」

「為什麼她很會猜缺了筆畫的字？」彼得追問。

「因為她每天都看電視上的猜字遊戲。」鮑伯笑嘻嘻的說。

「也許我們真的該去請教什麼人？」佑斯圖思索著，「我們可以騎車到波特先生的小店。我敢打賭，他店裡也有這樣的紙盒。波特先生的店裡什麼都有。」

彼得再看看他們的拼圖作品。「佑佑，你倒說說看，我們做這些究竟是為什麼？城裡到處都有不可思議的事情發生，而我們卻在這裡黏碎紙片。」

「我不知道這會帶給我們什麼線索，」佑斯圖冷靜的說，「可是我總覺得這張紙片跟這件事有點關係。」

半個小時後，他們騎腳踏車抵達了岩灘市，噴泉周圍仍舊被封鎖住了，水池裡也還裝滿紅色液體。只不過，從消防員弗瑞德的水管裡不再有水噴出來。在噴泉旁邊，兩名身穿藍色工作服的男子掀開地上的一個鐵蓋，蓋子下面是一道深深的豎井。這一刻，另一名男子正從洞裡爬出來。

「他們一定是剛剛關掉了噴泉的水。」鮑伯這樣猜想。

三個男孩把腳踏車停在波特先生的雜貨店前面。店裡不再像早上那樣忙碌。

「怎麼樣，小朋友，你們也去看過那個降落地點了嗎？你們看，現在大家能在我店裡買到什麼——」波特先生舉起一件T恤，上面寫著：岩灘市出現幽浮。我也在場！

佑斯圖搖搖頭。「您真的相信有外星人在那裡降落嗎？」

波特先生說：「除了我的生意，我什麼也不相信。而飛碟這玩意兒是門好生意。怎麼樣啊，我也有特大號尺寸。」

佑斯圖婉拒了。

接著三個問號開始在店裡尋找那個包裝盒。他們走過一排又一排的貨架，把每一種紙盒拿來跟他們的拼圖做比較。在家庭用品那一區，彼得突然跑過去，從洗衣粉之間抽出一個長形紙盒。

「我們找到了！」

8

煙霧信號

那是一捲包裝在紙盒裡的晾衣繩。彼得指著紙盒的正面，得意的說：「你們看！現在我們也知道『口』字下面一個『小』是什麼意思了。在這裡，是晾衣繩那個『晾』字的一部分。」

三個問號太興奮了，根本沒注意到波特先生一直站在他們身後。這時他輕輕咳了一聲，咧開嘴露出大大的笑容說：「我還不知道你們對家事這麼感興趣。我還有一些很漂亮的晾衣夾可以賣給你們喔。」

不久之後，三個男孩又站在市集廣場上。跟平常一樣，噴泉裡噴出來的是普通的水，那幾名工人已經不見了，警方的封鎖帶也已經撤除。此刻，警察局正前方停著一輛老舊的房車。車身被畫得五顏六色，還畫著幾隻巨大的眼睛，在一片星海中互相凝視。一個高高瘦瘦的男子繞著車子走來走去。他的一頭白髮綁成了辮子，脖子上戴著小石頭編成的項鍊，數不清有多少條，身上披著一件長度及地的三色斗蓬，三種顏色分別是金色、綠色和淺紫色。

鮑伯忍住了笑，說：「是馬戲團來了嗎？」

接著那輛房車的車門打開了，一個嬌小的婦人下了車。她的打扮跟那名男子一樣，只是沒綁辮子。她遞給他一根分岔的樹枝，然後舉起手臂，像在召喚什麼。那個男子則閉上眼睛，開始小聲的哼哼唧唧；他把那根樹枝拿在手裡，伸在身前。

「我知道那是什麼，」彼得說，「那人拿著一根測泉杖（註①）。」

突然，一陣震耳欲聾的聲響從遠處傳來。

「那是什麼？」佑斯圖吃驚的喊，「那聲音是從旁邊那條小街傳來的。走，我們快去看看！」

好幾個行人也跟著他們一起往那個方向跑。只有那名拿著測泉杖的男子不為所動，繼續在廣場上一步一步的走著。那個嬌小的婦人則跳著舞，跟在他後面。

當三個問號在街角轉彎，兩個女孩跌跌撞撞的朝他們走過來。她們高聲尖叫，臉色灰白。當她們從三個問號旁邊經過，鮑伯大聲的問：「發生了什麼事？」可是那兩個女孩好像根本沒聽見他說的話。

這條街的盡頭是一家老戲院，許多年前就已經關閉，本來早就該拆掉了。在更早之前，那裡曾經是一所學校。後來，消防隊也曾利用那裡的空間來存放消防器材。

戲院的窗戶都用木板釘住了，而此刻三個問號看見前所未見的一幕——每一扇窗戶的木板縫隙裡都冒出了藍煙。三個小偵探看著眼前驚人的一幕，不敢相信自己的眼睛。

這時候，人群從四面八方跑來。就連那位老太太也穿著高跟鞋踢踢躂躂的走在石塊鋪成的路面上，抱著她的小狗——牠的胖臉頰一上一下的晃動。她對著人群尖聲叫喊：「現在他們要來把我們帶走了！那些外星人就躲在這間屋子裡。我早就知道。」

沒多久，警察也來了。一名年輕警察從警車上跳下來，朝著那棟房子跑過去。他對著人群喊道：「有誰可以告訴我，這裡發生了什麼事？」窗戶縫隙中仍舊不停冒出藍色的煙霧。年輕警察對三個男孩說：「是你們幹的好事嗎？快說！」

佑斯圖、彼得和鮑伯生氣的搖頭。佑斯圖不高興的說：「你怎麼會這麼想？雷諾斯警探去哪裡了？」

年輕警察說：「今天下午沒輪到雷諾斯警探值班。不過，這關你們什麼事？好，大家全都聽我指揮！每個人都待在原地不要動。現在

N
E
CI
ÉMA

我要進入這棟建築物。請各位保持距離。」他勇敢的朝那棟屋子走去，用一根鐵棍撬開戲院大門的掛鎖，掏出手電筒，隨即消失在門內。

不過，那陣藍色煙霧這時候也已經消散了。

「我倒想知道他會在裡面發現什麼。」彼得小聲的說。

那個拿著測泉杖的男子慢慢朝他們走過來。他身邊的婦人仍舊繞著他手舞足蹈。突然，從那棟老舊的建築物裡傳出一陣驚聲尖叫。一會兒之後，大門被撞開，那個年輕警察慌慌張張的衝出來，警帽掉了，手電筒也掉了。他的雙手顫抖，一臉驚慌。「別驚慌……沒事……我去請求增援……」他結結巴巴的說，然後步伐踉蹌的急忙回到警車上。

「塔拉巴亞，」一個低沉的聲音打破了眾人不知所措的沉默，令大家吃了一驚。是那個綁辮子的男子。「遠方的神靈，我們向你們問候。」

他和身邊那個婦人在那棟屋子前面鞠了個躬，接著跪了下來。小波在一旁大聲吠叫。

就在這時候，又有一輛警車高速駛來。好幾名警察跳下車，守住戲院大門。剛才那名年輕警察蜷縮在後座上，害怕的望向那棟建築。

「現在他們會做什麼？」彼得問。

鮑伯用身上的T恤把眼鏡擦乾淨，一邊說：「這還用問嗎，就是他們每次都會做的事。」他說的沒錯——兩名警察用封鎖帶把整塊地方都封鎖了。

註①「測泉杖」據說是風水師用來尋找地下水源的法器，通常是一根Y字形的樹枝。據說也能用來探測金屬或其他埋在地底下的東西。

9

塔拉巴亞

人群逐漸散去，只有那一男一女仍舊蹲跪在地上。鮑伯敲敲自己的額頭，表示那兩個人頭腦有問題。可是佑斯圖卻直接朝著那兩個人走過去，讓鮑伯大吃一驚。

「對不起，打攪了，我可以請教您一個問題嗎？」佑斯圖說。

那個男子抬起頭來，和氣的看著佑斯圖。「當然囉，小兄弟。」

彼得和鮑伯互看了一眼，不明白這是怎麼回事。

佑斯圖繼續說：「剛才那是什麼意思？」

男子站起來，接著也扶起那個婦人。他對佑斯圖說：「你指的大概是『塔拉巴亞』吧，是嗎？」佑斯圖點點頭。男子又說：「簡單的說吧，那是一種問候的方式。」

這時候，彼得和鮑伯也終於走近了。鮑伯重覆那男子所說的話：「一種問候的方式？問候誰呢？」

男子一邊拍掉斗蓬上的灰塵，一邊說：「如果你們陪我走回我們的房車，我就會解釋給你們聽。」三個問號同意了。

「嗯，讓我們先自我介紹。我名叫提博格拉納馬殊，這位是我太太，她叫做瑪雅美倫娜瑪莎。叫我們提博和瑪雅就可以了！欸，我該從哪裡說起呢？我們從二十多年前就開始旅行，追尋『巴亞』的蹤跡。你們大概比較熟悉『神靈』或『外星人』這種稱呼。」三個問號睜大了眼睛看著他。

「神靈和外星人。」彼得結結巴巴的說。

「沒錯，其實這是同一種東西。不過，這一點我待會兒再說。我想先問你們一個問題。我們得到消息，說在這附近曾經有接觸發生，是這樣嗎？」

「您指的是被壓扁的玉米田嗎？」鮑伯回答。

「沒錯。一般人把這叫做麥田圈(註②)。你們可以告訴我，在哪裡可以找到這些圓形嗎？如果你們願意陪我們過去的話更好。你們可以搭我們的房車一起去。」

彼得本能的搖頭。佑斯圖卻想要表示同意，他回答：「可是我們的腳踏車還停在市集廣場。」

「那不成問題，我們的房車裝得下你們的腳踏車。順帶一提，市集廣場充滿不尋常的能量，是我之前用測泉杖發現的。我覺得那裡形成了再次接觸的中心。」

三個問號隨即走到波特先生的小店前面去牽他們的腳踏車。

「佑佑，你瘋了嗎？」彼得氣呼呼的說。「那個傢伙和他太太根本就是腦筋有問題。他那些話全是胡扯。」

鮑伯也來幫腔。「彼得說的對。你難道要搭那兩個神經病的便車嗎？光是他們兩個的名字就夠奇怪的了。」

佑斯圖把手指壓在嘴唇上說：「別這麼大聲。他們的確是兩個怪人，可是我總覺得他們能夠帶領我們更接近真相。」

鮑伯反駁他：「這我不確定。我們先是在玉米田上收集碎紙片，現在又要搭這兩個瘋子的便車。」

佑斯圖讓步了。「好吧，那麼我提議我們騎腳踏車走在前面，讓他們兩個開車跟在我們後面慢慢走。你們同意嗎？」彼得和鮑伯點頭。

提博聽了他們的提議，表示他能夠理解。「沒問題。我自己是個小孩的時候，大概也不會相信像我們這種古怪的人。那我們走吧！」

當這個由三輛腳踏車和一部房車組成的車隊駛離市區，「今日加州」的轉播車朝他們迎面駛來。

「這一次蘇珊．桑德斯來得太晚了，」彼得笑著說，「那陣幽靈煙霧早就散了。」

在太平洋上，陽光一束一束的消失在地平線的大片紅霞後面。佑斯圖的胃咕嚕咕嚕叫，今天一整天他都沒有吃東西。

等他們終於抵達藍道夫先生的農場，佑斯圖已經餓得發暈。提博下了車，立刻爬到車頂上，望向那片玉米田。他滿臉喜色的說：「太棒了，真是太棒了。這是個雙重螺旋。想必至少有兩艘太空船在這裡降落。」

這時候他太太注意到佑斯圖臉色蒼白的靠在車子上，就對她先生喊道：「提博，你看看這個孩子！他餓得快要暈倒了。來，我拿幾張椅子出來，趕快弄點東西給你們吃。」

不久之後，三個鍋子擺在一張小折疊桌上。鮑伯掀起一個鍋蓋，小心的往裡面看，一邊遲疑的問：「鍋子裡是什麼東西？」

「這些全都是植物做的，吸收了純粹的能量。放膽嚐嚐看吧，味道要比想像中好得多。」瑪雅要三個男孩放心。

佑斯圖第一個動手，用湯匙把一勺藍色糊狀的東西舀在他盤子上。他的飢餓趕走了所有的懷疑。「嗯，好吃極了。你們一定也要嚐嚐看！」

他的兩個朋友猶豫的嚐了嚐。

「怎麼樣，你們也覺得好吃嗎？」瑪雅微笑著問。

他們都覺得那滋味很棒。

「這究竟是用什麼東西做的呢？」鮑伯問，嘴裡塞得滿滿的。

瑪雅掀開了第二個鍋蓋，一邊說：「基本的食材都相同，是海藻和浮游生物。」

鮑伯和彼得一聽就飽了，只有佑斯圖不在乎。

接著提博從車上拿出一些照片。「我們收集了過去這幾年所有的麥田圈。為了這些照片，我們旅行了半個世界。這一張是在英國拍的。」

他指著一張照片，是在一片玉米田上的複雜圓形。

佑斯圖還在吃東西，一邊問道：「這些圓形是怎麼來的呢？」

提博靠坐在椅子上，眺望著天邊的晚霞。「你們可以把這想像成一種指紋。某個東西踏上我們的地球，留下了獨特的痕跡。許多人稱之為幽浮，但其實是力場。如果親眼看見，看起來就像是飛碟。它們的等離子渦流會把地上的玉米桿壓扁，於是就產生了麥田圈（註②）。不過，它們也會引起傳聞中的其他現象。例如煙霧信號和幻象。一般人會說那是鬧鬼。」

鮑伯不敢相信的看著他。「您說『某個東西』指的是什麼？」

「這個問題不容易回答。許多人乾脆說那是神靈。他們這樣說也算說對了一部分。那是我們生命的神靈——我們所有的能量。來自現在、過去和未來，來自此地和遠方。各種色調的宇宙光，構成了生命的光譜。」

他太太瑪雅陶醉的看著他。三個問號卻早已經聽而不聞。

接著那對夫婦向他們道別。他們想開著房車再回市區，去市集廣場搜尋力場。

「明天我們會用一個探測器把這整片玉米田掃描一次。今天已經來不及了——馬上就要天黑了。也許我們還會在這裡再見面。塔拉巴亞，小兄弟們。」

等到那輛房車離開他們的視線，三個小偵探不約而同的搖搖頭。

「怪人。」他們異口同聲的喃喃低語。

註② 在麥田或種植其他作物的農田上，把農作物壓平而產生的大型幾何圖案，被統稱為「麥田圈」，主要出現在歐洲及北美洲。這些圖案當中，有些已經被證明是有人刻意製造出來的，有些則不能確定，因此也有人猜測可能跟外星人有關。

10

野外實驗

「現在呢？」彼得茫然的問。

佑斯圖用拇指和食指揉搓他的下唇，揉了很久，然後說：「我不知道。我覺得我們周圍的人全都瘋了。可是既然我們已經在這裡了，我們可以好好檢查一下這些麥田圈。目前我也想不出更好的主意。來吧，再過一會兒天色就太黑了。」彼得和鮑伯表示同意。

他們動身去把整片玉米田巡視一遍。那些玉米桿像是被一場旋風

順著同一個方向往下壓。

「真特別。假如我們想在玉米田裡踩出這樣一個圓形或螺旋形，絕對沒辦法踩得這麼圓。」鮑伯說，「假如我是個巨人，那麼我可以用一個圓規。可是像這樣……」

漸漸的，整片天空布滿厚厚的雲。空氣變得又溼又熱，令人難受。汗水從佑斯圖的額頭上流下。他們筋疲力盡，在一個圓圈的中央躺在乾掉的玉米桿上。他們茫然的看著地面。彼得用手指挖著地上的一個小洞。「如果那真的是來自外太空的訪客呢？或是神靈？」

佑斯圖似乎根本沒有在聽，反而興奮的問：「彼得，這個洞是你剛才在地上挖出來的嗎？」

彼得搖搖頭說：「不，原本就有了。大概是個老鼠洞。」

「我倒覺得是有人用一根棍子插在土裡造成的。」佑斯圖說，接著，他突然像被閃電擊中似的跳了起來。「我明白了！這就是解答。」

他急忙抽出球鞋的鞋帶。

「難道你也發瘋了嗎？」鮑伯不安的問。

佑斯圖沒理會他，把鞋帶綁在自己的食指上，再把食指插進那個洞裡。「好了，彼得，現在你抓住鞋帶的另一端，繞著我的食指畫一個圓。」這下子彼得和鮑伯也猜到佑斯圖想說什麼。

「我們真是白癡，」鮑伯發出一聲歡呼。「事情當然是這樣！所以才會用到晾衣繩。有人把一根棍子插在泥土裡，再把晾衣繩的一端綁在棍子上。這是世界上最古老的圓規。然後他只需要拉著繩子跑出一個圓圈，再把圓圈裡的玉米桿踩扁。可是他太笨了，居然把晾衣繩的包裝盒隨便亂丟。」

佑斯圖連忙點頭。「沒錯。不過，要用腳踩太花時間，很可能他是用了一個大耙子，或是類似的工具。這樣一來當然就快得多。」

「那他是怎麼弄出螺旋形的呢？」彼得問。

佑斯圖又把鞋帶拿在手裡。「你看，如果有人繞著那根棍子一直跑，繩子就會在棍子上纏了一圈又一圈，就像這條鞋帶纏在我的手指上一樣。這樣一來，繩子就會愈來愈短，畫出來的圓圈當然也就愈來愈小，就像蝸牛殼上的圖案一樣。不過，如果棍子很細的話，得要跑

上一千圈，繩子才會縮得夠短。我們去那個螺旋形的中央看看，我敢打賭，那裡會有一根粗木樁之類的東西打出的洞。」

佑斯圖猜得沒錯。在那裡他們的確發現地上有個手臂般粗的洞。先前有人試圖用乾草把洞口遮住。

三個問號興奮得擊掌歡呼。佑斯圖自豪的宣布：「麥田圈的謎題解開了。這些圓圈顯然是出自人類之手。現在我們要一步一步解開其他的鬧鬼故事，到最後我們就會認識那個裝神弄鬼的人。」

「我根本不想認識他。」彼得小聲嘀咕。

由於興奮，他們沒注意到天色已經很暗了。陰森森的雲層在天邊形成。

鮑伯提議：「趁著這裡還沒有變得一片漆黑，我們快走吧！」

轟轟的雷聲自遠方傳來，一場暴雨正在醞釀。

等他們再度穿越高高的玉米桿，突然發現眼前有火光閃動。

「你們看見了嗎？」彼得嚇了一跳。「一定是有人拿著火把在草地上跑來跑去，但我們只看得見明亮的火焰。」出於本能，三個問號趕快蹲在地上。

「那會是誰呢？」鮑伯小聲的問，「也許是藍道夫先生在他的田地上巡邏？」

「也可能是那個在玉米田上畫圓圈的人。」佑斯圖說出他的擔憂。

過了好一會兒，什麼事也沒發生。彼得忽然用鼻子用力吸氣，說：「你們也聞到了嗎？」

鮑伯驚慌的說：「聞到了，那顯然是煙味。我猜剛剛有人把那些乾草點燃了。」

接著他們聽見火燒乾草的聲音，劈里啪啦的朝他們接近。在遠處有輛汽車匆匆開走。

「那個縱火的人溜掉了。可惡，我們被困住了！」彼得大喊。三個問號同時跳起來，看見了一堵火牆。風把火焰朝他們吹過來。

「我們趕快離開這裡！」鮑伯慌張的大叫，「趁著火焰還沒有包圍我們，我們得趕快離開玉米田！」

他們拚命快跑，穿過種植穀物的乾燥田地。風勢突然增強，助長火勢，火焰快速向前撲來，田地上瀰漫嗆人的煙霧。這時候，刺眼的閃電突然劃破了漆黑的天空。三個問號被火勢逼得跑進玉米田深處。

「我跑不動了。」佑斯圖氣喘吁吁的說，然後大口吸氣。

彼得抓住佑斯圖的T恤，拉著他往前跑，一邊對他喊：「你當然跑得動！」鮑伯緊緊扶著眼鏡，像隻兔子一樣從穀物之間竄出去。

眼看火焰就要燒到他們的後頸，轟然的雷聲突然在天空響起。幾顆雨滴遲疑的落下，幾秒鐘之後就下起傾盆大雨。火焰在大雨下嘶嘶作響，向後撤退，不久就被雨水澆熄。一片白色煙霧籠罩在田地上。

「這場雨下得正是時候。」佑斯圖鬆了一口氣，筋疲力盡的癱在地上。

11

透明水晶

那場雨來得突然，去得也快。佑斯圖、彼得和鮑伯全身都溼透了，煙塵混著雨水黏在衣服上，髒兮兮的。

當他們踩著沉重的腳步，走過燒光的田地，鮑伯呻吟著：「我只想趕快回家，在浴缸裡泡上幾個小時。」雨水、泥土和燒焦的玉米桿混合成黑色的泥漿。眼看他們就快要走到他們放腳踏車的地方，這時從遠方傳來了曳引機馬達發動的聲音。

「那一定是藍道夫先生。他正朝著我們這邊過來。」彼得這樣判斷，「他一定是發現了那場火。我們最好快點離開這裡。我想他不會相信我們說的話。到最後，搞不好藍道夫先生還以為是我們放的火。」

三個問號匆匆跳上腳踏車，朝著濱海公路的方向騎去。

空氣涼爽了一些，稍微吹乾了他們的衣服。無聲的閃電仍舊在天際閃過。

「為什麼會有人要在玉米田裡放火呢？」鮑伯百思不解。

佑斯圖想了想，說：「我不認為放火的人是衝著我們來的，因為沒有人知道我們躲在玉米田裡。我倒覺得是有人想要消滅證據。這下子，那些麥田圈被永遠毀掉了。」

彼得反駁他：「可是還有那幾個洞可以當作證據，不是嗎？」

佑斯圖搖搖頭說：「那些洞我們再也找不到了。現在整片玉米田被燒光了，看起來都是一個樣子，一片焦黑，而且泥濘。」

這時，一部漆成五顏六色的車輛從他們身旁呼嘯而過，在溼漉漉的公路上朝著岩灘市的方向急馳。

「是『今日加州』的轉播車！」佑斯圖驚訝的喊。「我敢打賭，一定又發生了什麼事。」

他的兩個朋友猜到他在想什麼。

鮑伯立刻阻止他再往下說：「想都別想，佑佑！我們全身髒得像豬一樣。我們的爸媽、晚餐，還有浴缸都在家裡等著我們。我不要再到市區去了，就算有十匹馬也拉不動我。今天我們調查得夠了。」彼得也附和他：「我也這麼認為。今天就到此結束，明天我們再繼續調查。」

半小時後，他們抵達了岩灘市。佑斯圖又一次說服了他的兩個朋友。

鮑伯氣喘吁吁的說：「好吧，佑佑，我們就只去看一下，看看『今日加州』要拍攝什麼好東西。然後我們就收工了。」

「好，好，我說話算話。」佑斯圖回答。

喧嘩聲從市集廣場傳來，人群從四面八方湧向市中心。一個男子穿著睡袍和拖鞋，匆匆走在人行道上。彼得朝那座舊戲院所在的小街上瞄了一眼，戲院大門仍舊被紅色的封鎖帶封住了。

他們隨即抵達市集廣場。鮑伯伸手掩住嘴巴。「真是不可思議……」廣場上鬧哄哄的，幾乎所有岩灘市的居民都聚集在這裡。他們在噴泉邊上圍成一圈，有幾個人爬到路燈上面，以便能看得更清楚。「今日加州」的轉播車就停在人群當中。攝影師站在車頂上，把衛星的小耳朵對準了夜空。

三個問號把腳踏車停好，從那些看熱鬧的人當中擠過去，擠進人群中央。

「究竟發生了什麼事？」佑斯圖問那個穿著睡袍的男子。那人聳聳肩膀說：「我也不知道。大家突然都跑到市集廣場上，所以我也就跟著來了。」

前排抱著一隻小胖狗的老太太看來知道得更多。「時候到了。他們要來了。我早就知道。他們是帶著和平的意圖前來。小波，等他們降落，記得跟他們握握手。」住在旅館三樓的那個老先生又把美國國旗從窗戶裡伸了出來。

三個問號一公尺一公尺的努力往前擠，最後被一條封鎖帶擋住。那名年輕警察站在封鎖線後面，張開手臂。「到此為止，不准再前進！請不要踏進封鎖區！這件事涉及國家安全。」

雷諾斯警探和提博站在噴泉旁邊交談，看起來兩個人都很生氣。

身穿彩色斗篷的提博一再指著噴泉。在他們談話時，瑪雅圍著他們跳著奇怪的舞蹈。當她經過三個問號旁邊，佑斯圖對她喊：「發生了什麼事？噴泉裡面有什麼？」

瑪雅認出佑斯圖，停了下來。「塔拉巴亞，」她跟佑斯圖打招呼。「太好了。今天會有接觸發生。提博發現了那個水晶。」

「什麼水晶？」鮑伯詫異的問。

瑪雅露出陶醉的笑容。「水晶替他們指路，標示出相遇的地點。」她沒能再往下說，因為那名年輕警察擠進他們中間。「事情牽涉到國家安全。請你們退後！」他的聲音由於激動而顫抖。

「全都是些怪人。」鮑伯小聲嘀咕。

這時，雷諾斯警探拿著一把鏟子往噴泉裡撈。提博試圖阻止他，結果被另一名警察推到封鎖線外面。

雷諾斯警探把鏟子從水池裡慢慢抬起來。人群中響起一陣竊竊私語，接著廣場上就一片寂靜。鏟子上是一塊巨大的水晶，裡面有一顆發出藍光的球，那光線閃啊閃的，像一盞閃動的燈。

提博激動得不得了。「別把它弄壞了！」他大喊，聲音傳遍了廣

場。「少了這個塔羅戈納水晶，他們就無法降落。」

被他這樣一喊，雷諾斯警探一時拿不定主意，就把那塊發光的石頭小心翼翼的放在噴泉的圍欄上。

突然，市集廣場浸浴在一片耀眼的光線中。眾人東張西望，看見那輛轉播車的車頂上有兩盞探照燈正發出強光。蘇珊．桑德斯手裡拿著麥克風，站在轉播車前面。「三、二、一……這是蘇珊．桑德斯從岩灘市所做的實況報導。各位先生女士，地球上的人類，美國人民：這一刻終於來臨了。根據國家安全組織的判斷，幾個小時以來預示將在此地發生的事，此刻真的要發生了。」雷諾斯警探目瞪口呆的看著她。

這名女記者深深吸了一口氣，才再往下說：「今天將是我們人類史上第一次和外星人有所接觸。是的，各位沒有聽錯。明確的證據顯示出，一種並非源自地球的生物即將在這個地方出現。請各位不要轉臺，幾分鐘之後我們會再提供進一步的消息。這是蘇珊·桑德斯替『今日加州』所做的報導。」

眾人聽了都驚訝得說不出話來。

轉播車車頂上的攝影師關掉了探照燈，爬下來用手機打電話。

「他一定是在問他們的收視率如何。」鮑伯這樣揣測。

就在這一刻，一道神祕的光束從眾人頭上閃過，紅綠相間的光影在漆黑的夜空舞動。

「他們來了，」那個老太太用微弱的聲音輕聲說，「這一刻終於來臨了。要記得喔，小波，要跟他們好好握握手。」

12 光的信號

幾秒鐘之後，蘇珊．桑德斯又回到節目中。周圍的人驚慌失措的跑來跑去；爬上路燈的兩名男子嚇得摔下來；旅館三樓那個老人對著天空揮舞國旗，扯著嗓門大喊：「美國萬歲！」就在這時候，天空中那些光影交織成的圖案消失了，提博失望的跪在地上。「他把他們嚇跑了！噢，不……他把他們嚇跑了。」

當眾人訝異的抬起頭望向那個老人，老人迅速關上窗戶，熄了燈。蘇珊．桑德斯仍在持續報導所發生的一切。

佑斯圖把他的兩個朋友拉到身邊。「這裡發生的事很不對勁。我覺得自己好像在戲院裡。」彼得和鮑伯也有同感。佑斯圖又說：「如果繼續待在這裡，我們就只能當觀眾。走吧，我認為我有個發現。」

他們跑到廣場上一個僻靜的角落。在他們身後，那名年輕警察試圖安撫驚慌的人群。

「快點說吧，佑佑！你發現了什麼？」鮑伯急切的問。他早就忘了要回家泡澡了。

佑斯圖說：「嗯，在我看來，天空中這些光影只是很普通的雷射光表演。我在電視上已經看過好幾次了。」

彼得點點頭表示同意。「我也看過。可是在這一刻，那些人什麼都會相信。」

佑斯圖指著那家老戲院座落的小街說：「我仔細觀察過那些光束是從哪個方向發出來的。我敢打賭，在那棟所謂的鬼屋裡有一架雷射光發射機。」

彼得嚥了一口口水。他知道佑斯圖現在打算做什麼。「好吧，我們進去看看。可是等我說『出去』，我們就出去。」

幾分鐘後，他們站在那棟老舊建築的大門前面。那把被撬開的掛鎖還躺在地上。佑斯圖小心的推開嘎吱作響的木門，隱沒在黑暗中。鮑伯和彼得跟在他後面。屋裡一片漆黑，窗戶被木板釘住了，只有一絲絲光線從木板縫隙中照進來。空氣裡滿是灰塵，聞起來有老舊木頭和發霉地毯的氣味。

「鮑伯，是你嗎？」彼得在鮑伯肩膀上拍了一下，小聲的說。

「是我，不然還會是誰。噢，可惡……我絆到了什麼東西。」鮑伯彎下腰，在地板上摸索。「找到了，摸起來像是……對，像一把手電筒。等一下，說不定它還能用！」屋子裡突然亮了起來。

「嘿，這是那個警察的手電筒！」彼得高興的喊，「一定是他在跑出去的時候弄丟的。他的警帽也在那裡！」

他們站在這家老戲院的接待廳裡。牆壁上還掛著泛黃的電影海報，上面是詹姆斯狄恩和約翰韋恩（註③）。一條通道帶領他們走進老舊的放映廳。

在他們面前是一排排鋪著紅絲絨的座椅，椅墊滿是灰塵，已經被老鼠啃壞了。佑斯圖指著旁邊一扇小門，向他的兩個朋友提議：「我們去那裡面看一看！」

門後的通道把他們帶往一道彎彎曲曲的臺階，臺階盡頭是一個又高又窄的空間。到處都堆著裝影片的金屬盒、棄置不用的沙發，還有各式各樣的雜物。

「看起來像個儲藏室。」鮑伯這樣猜想。佑斯圖拿著手電筒，清除了走道上的蜘蛛網。

忽然，他們聽見一聲號叫。「那是什麼？」彼得嚇了一跳。那陣號叫愈來愈大聲，似乎正朝著他們接近。三個問號屏住呼吸。他們的上方也突然發出閃光，微弱的光線像白影般無聲的來來去去，那聲號叫漸漸變成了難聽的笑聲。接著，不可思議的事情發生了：那些光影開始繞著彼此舞動，交融在一起，變成一個可怕的鬼影。

註③ 詹姆斯狄恩（James Dean, 1931-1955）和約翰韋恩（John Wayne, 1907-1979）都曾經是美國知名的電影明星。

13

恐怖影片

佑斯圖、彼得和鮑伯放聲尖叫，三個人一時弄不清方向，同時往前跑，撞上一面軟軟的牆。那是一幅繃緊的布料，被他們一撞，在他們面前橫向裂開。他們失去了平衡，驚慌失措的摔倒在地上。

佑斯圖最先鎮靜下來，在一道閃爍的刺眼光線下眨著眼睛。突然他伸手在自己額頭上一拍。

「現在我知道這是怎麼回事了。」他喘著氣說。「剛才我們就在電

影銀幕正後方的空間裡。你們看那邊，從銀幕上那道裂縫中，我們又跌進了放映廳。而我們前面這道刺眼的光線來自一具電影播放器。在銀幕後面把我們嚇了一跳的那些鬼影就只是電影裡面的鬼。那個警察一定也看見了同樣的東西，才會慌張的從戲院裡跑出去。」

等那部鬼影幢幢的影片播完了，鮑伯拍掉褲子上的灰塵，一邊說：「可是這棟屋子裡就只有我們三個。會是誰啟動了播放器呢？」

「這一點我們現在就去查清楚。」佑斯圖用堅定的語氣回答，「一定有一條路可以通往電影放映間。我覺得那段恐怖影片是用來嚇跑不受歡迎的訪客。」

「那個人也達到目的了。」彼得小聲的說。

他們走回大門，找了很久，才在戲院當年的售票櫃檯後面發現另一扇門，門後是一條狹長的走道，通往一個螺旋形的木梯。

「小心，我想這梯子已經腐朽了！」鮑伯有點擔心。但是這道木梯承受住三個問號的重量。佑斯圖第一個爬上最高一階，可是他忽然一個踉蹌摔倒在地，把手電筒掉在地上。

「發生了什麼事？」彼得從下面喊。

佑斯圖爬起來，再拿起手電筒。「沒事。我只是被一條繩子之類的東西給絆倒了。」

等他們三個都爬到上面，彼得檢查了佑斯圖以為是繩子的東西。

「你們知道這是什麼嗎？這是一條再普通不過的電線，而且看起來它躺在這裡的時間還不長。我提議我們跟著這條電線走，看它會把我們帶到哪裡去。」

那條紅色電線彎彎曲曲的躺在一條長長走道的地板上。「停下來，電線在這裡分成了兩條。」彼得說，他發現電線分岔之後伸進了一個大房間。他們小心的從已經打開的門走進去。在房間盡頭擺著一個高高的講桌，講桌後面的牆上掛著一塊黑板。

「媽呀，學校。」鮑伯輕聲嘀咕。

彼得毫不在意的跟著那條電線一直走到被木板釘住的窗戶邊。「嘿，你們來看看這條電線連到了哪裡！」他得意的喊，把一個鐵盒子拿在手裡。

「那是什麼？」佑斯圖好奇的問。

「這是煙霧彈。透過這條電線，可以從別的地方遙控引爆。在電影或劇場中用的就是這種東西。」

彼得對這些事很熟悉。他父親在好萊塢一家特效公司工作，他常有機會在現場觀看一些影片的製作過程。「煙霧彈有各種顏色。你們猜猜看，這個盒子上寫著什麼！」

「藍色。」佑斯圖和鮑伯異口同聲的說。

就這樣，三個問號又解開了一個謎題。

那條電線在走道上繼續分岔，通往各個方向。「一定有人花了好幾天的時間鋪設這些電線。在每一扇窗戶下面一定都有這樣一個煙霧彈。現在我們只需要查清楚，這些煙霧彈是從哪裡被引爆的。」說到這些事，彼得簡直如魚得水。

外面又下起雷陣雨，刺眼的閃電向屋內投進陰森的光影。

現在他們跟著那條電線往反方向走。

那條電線爬上了另一道小樓梯，最後結束在一道沉重的鐵門下面。

「萬一現在有人在裡面呢？」彼得有點擔心。可是他還來不及改變主意，佑斯圖已經迅速按下了門把。門是鎖上的。

佑斯圖一臉失望的說：「可惡！我很確定在這扇門後就能揭開這椿祕密。我們差一點就能偵破這整個事件了。」

不過，彼得又一次令他的兩個朋友驚奇。「如果你們能替我找到一根硬鐵絲，我可以試試看，把鐵絲做成一把萬能鑰匙。到目前為止，我幾乎能用萬能鑰匙打開任何一個門鎖。」

他不需要再說第二次，佑斯圖和鮑伯馬上就在一堆雜物裡面找到一根合適的鐵絲。

彼得拿在手裡看了看，說：「很好，這正是我需要的。」然後他就動手把鐵絲彎成一件類似鑰匙的工具。他小心的把自製的萬能鑰匙插進門鎖中，才試了一次，門就開了。「芝麻開門！」彼得得意洋洋的喊。

14

好戲上演

三個問號好奇的把頭伸進門縫，跟隨著手電筒的光束，緊張的往前看。那是電影放映間。巨大的電影放映機就在房間正中央，旁邊擺著一張書桌。

「我被弄糊塗了，」鮑伯十分驚訝，「那張桌子上有一部電腦——而且還是開著的。」

他們不敢相信的走到桌旁。桌上有一盞生鏽的檯燈，彼得按下開關，光線照亮了整個房間。「這裡顯然有電。」他下了結論。電腦旁邊堆放著好幾個電子儀器控制裝置，到處都垂著電線和插頭。

「有誰可以告訴我，這是怎麼回事？」鮑伯百思不解，「看起來就像是有人要從這裡發射火箭到外太空。」

彼得看著電腦螢幕好一會兒，然後說：「你這樣想也不算錯，鮑伯。我曾經有一整個週末都在看我爸爸工作，當時他們負責處理一部電影的特殊效果，在製作控制室裡就有跟這幾乎一樣的儀器。你們看看電腦螢幕！這裡寫著：『發射雷射光』，那裡寫著：『煙霧彈自動引爆』。沒錯，我很確定這整樁騙局就是從這裡啟動的。」

「可是如果是這樣，在這段時間裡就一直得要有個人坐在這裡。」

佑斯圖說出他的想法。

彼得搖搖頭說：「不，這整套計畫是用無線電遙控的。用這種方式甚至可以用手機來引爆。我可以想像，裝置這套設備的人就是為了要能夠遙控。」

鮑伯在地板上發現一疊素描。「你們看，這是這座戲院的平面圖。每一個空間在圖上都被標示出來了。我想，這能讓我們更加了解這整件事。例如這裡：每扇窗戶上都畫著一個代表煙霧彈的藍色十字。」佑斯圖好奇的低頭去看那張圖。鮑伯接著說：「在放映廳裡的那個記號一定是感應裝置。只要有人走進去，那部鬼片就會自動播放，就跟我們還有先前那個警察走進去時一樣。這裡所有的東西都接上了電線，並且連成了網絡。」

他們又找到更多平面圖，其中一張畫出岩灘市的整個下水道網路。鮑伯興奮的指著畫在上面的一個小圓圈。「他們很清楚該如何在城市底下移動。這裡甚至畫了從下水道直接通往這棟屋子的入口，很可能是從地下室進去。現在我慢慢明白了。想想瑪蒂妲嬸嬸家水管裡傳出的聲音！有了這張圖，他們可以到處去敲別人家的水管，裝神弄鬼。說不定今天早上扯動水管疏通器的也是他們。」

他們還有更多的發現——一張紙上畫滿了圓圈和螺旋形。

「天啊，是麥田圈，」彼得肅然起敬的說，「他們做所有的事都經過縝密的計畫。整座城市的人都上當了。我並不想知道他們還打算要做什麼。」

佑斯圖又再仔細看了一下這棟老舊建築的平面圖。「如果這張圖畫得沒錯，這上面應該有一個塔樓裡的房間。雷射光發射器就在那裡。我提議我們也去查看一下。」

彼得和鮑伯同意了。拿著那張平面圖，他們才看出這棟屋子究竟有多大。他們一再發現新的房間、走道和樓梯間。最後在一條長長走道的盡頭，一道很陡的樓梯直接通往塔樓的房間。

房間裡空氣汙濁，而且臭得要命。當佑斯圖走進這個小房間，好幾隻受驚的鴿子就在他面前振翅飛起，從釘住窗戶的木板縫隙中鑽出去。佑斯圖嚇了一大跳，差點向後摔倒。

等到三個問號再度鎮靜下來，他們看見了那把巨大的雷射槍。

「哇，這具儀器真夠看，」鮑伯發出一聲驚歎，「我也已經想像得到這東西是朝著哪個方向發射。」他走到窗邊，順著雷射槍所指的方向看過去，正好俯視市集廣場。「這下子幾乎所有不可思議的怪事都得到了解釋——廣場上方那些詭異的光束就是從這裡發出的。」

彼得和佑斯圖此刻站在他旁邊，也俯看著市集廣場。人群仍舊圍著噴泉擠成一團。提博跪在那塊水晶前面，做出懇求的手勢；他太太在一旁跳舞；蘇珊・桑德斯看來正在訪問雷諾斯警探。

佑斯圖捏著他的下唇。「嗯，我想我們根本不需要多作思索，就知道是誰安排了這一切。」

鮑伯點點頭。「沒錯，只有一個人能從這整樁騙局得到好處：蘇珊．桑德斯。她一夕之間就能成為全世界最有名的記者。根本不需要再有幽浮登陸，也不需要到處有鬼蹦出來。那群人現在就已經相信他們跟外星人有過接觸。」

就在這一刻，佑斯圖看見那個攝影師從口袋裡掏出手機。「現在我想起來了。上一次他也是用他的手機。」

「什麼上一次？」鮑伯訝異的問。

佑斯圖回答：「當那些雷射光束在我們頭頂上發光的時候！」接著他大喊：「我們快點離開這裡！」

三個問號驚慌的跳到這個房間的另一邊。剛剛好還來得及，因為在不到一秒鐘之後，雷射光就從那具儀器裡發射出來。市集廣場上傳來眾人驚歎的聲音。

「運氣真好，」彼得激動的喘著氣說。佑斯圖卻不安的朝著那扇窗戶望過去。

彼得說：「怎麼啦，佑佑？你該感到高興才對！我們差一點就被雷射光烤焦了。」

「我知道。可是有件事幾乎就跟被烤焦一樣糟。」佑斯圖說，這話讓彼得和鮑伯豎起了耳朵。佑斯圖接著說：「我想那個攝影師看見我了。」

15

落入陷阱

「你確定嗎？」鮑伯驚慌不安的問。

「我也說不上來。他突然轉身，而我覺得他直直的看進我眼睛裡。雖然我們相隔超過一百公尺，但我不能排除這個可能。」

彼得不安的在這個塔樓房間裡走來走去。「我覺得我們最好還是趕快走。我不喜歡那個攝影師。我猜想，裝設所有這些設備的人就是他。他一定不喜歡別人亂翻他的東西。」

佑斯圖和鮑伯也有同感。他們連滾帶爬的走下那道狹窄的樓梯，往出口的方向跑，途中還差點走錯了路。

佑斯圖是最後一個，等他從售票櫃檯後面那扇門裡走出來，彼得已經站在出口處喊道：「快一點，佑佑！」接著彼得把那扇大門稍微往外打開一條縫，又立刻驚慌的把門關上。「來不及了，他們已經沿著那條小街走過來了。」他低聲說。

剩下的時間只夠讓他們躲到那個老舊的售票櫃檯後面，然後關掉手電筒。接著有人猛然打開了大門。

「艾利，你確定看到那上面有人嗎？」是蘇珊．桑德斯的聲音，「你應該知道，那上面到處都是鴿子。」

「是鴿子還是一張臉，這我絕對分辨得出來。」攝影師生氣的說，「如果有人發現了我們的小小魔術秀，那一切就白費了。蘇珊，你在這裡等我，看著這扇門！這個手電筒給你。我上樓去看一看。」

「如果你發現樓上有人的話，你要把他怎麼辦？」

「我還不知道。我只知道一件事：我不會想和他交換處境。」

說完，艾利就直接朝著小小的售票櫃

檯走過去。三個問號再往櫃檯底下縮進去。那個攝影師從旁邊走過，距離他們只有幾公分。幸好他沒有再回頭。

三個小偵探的心臟快要跳到喉嚨。

那名女記者緊張的走來走去。一會兒之後，她在手機上撥了一個號碼。「快接電話吧……艾利？是我，蘇珊。你動作要快，我們沒有時間了！再過幾分鐘，我們就得回到節目上。我不想錯過最精采的一刻……不，沒有人從樓下走過……既然我都這樣說了……別胡說了，那張臉只是你想像出來的……現在快下來。」

三個問號只剩下一點點時間。待會兒那個攝影師就會回來，一下樓就會撞見他們。他們落入了陷阱，唯一的機會是逃進放映大廳。可是一點點聲響就會洩露他們的行蹤。時間一分鐘一分鐘的過去，他們焦急的思索該怎麼辦。這時他們聽見男子重重的腳步聲從門後傳來。那個攝影師回來了。

「你總算回來了。」蘇珊．桑德斯埋怨著。就在這一刻，一道刺眼的閃電在岩灘市上空亮起，女記者嚇了一跳，把手電筒掉在地板上。現在屋裡一片漆黑。轟隆隆的雷聲隨即響起，替這三個小偵探製造了逃走的機會。他們一躍而起，拔腿就跑。他們身後的門打開了，一道光束頓時照亮了這個空間。三個男孩在最後一秒鐘跑進放映大廳，躲在那些紅色絲絨座椅後面。

「發生了什麼事？」攝影師大吼，「剛才是不是有人從這裡跑過去？」

「你鎮靜一點，艾利。我被閃電嚇了一跳，把手電筒掉在地上了。現在我們可以走了吧？」聽見她說的話，躲在放映廳裡的佑斯圖、彼得和鮑伯猛點頭。

「好吧。可是我總覺得事情不太對勁。」三個問號聽見攝影師這麼說，然後那兩個人終於走了。

三個問號一動也不動的蹲在兩排椅子之間好幾秒鐘，然後佑斯圖才敢再把手電筒打開。他們全都臉色灰白。

他們終於慢慢鎮靜下來，卻又聽見一聲輕輕的號叫，陰森的光影在撕破的螢幕上跳動。

彼得嘆著氣說：「噢，不，又來了。現在我們被感應器偵測到了，電腦啟動了影片放映機。」他們只好希望攝影師和女記者不會再折返回來。彼得突然下定決心的站起來說：「好，我們先前已經約定好：我一說『出去』，我們就離開這裡。所以，現在我要說：讓我們離開這棟鬼屋！今天我已經受夠了。」他不需要再進一步說服他的兩個朋友。

三個問號毫不猶豫的衝向大門，可是當他們試圖把門打開，又遭遇了另一個打擊。

「門關著，」鮑伯不知所措，結結巴巴的說。「他們把被撬開的掛鎖又掛回去了。」

16

下水道裡的鬼

三個問號很快就明白他們不可能從裡面把門打開，筋疲力盡的倒在地上。暴風雨仍舊在城市上方肆虐，而他們焦急的思索是否還有別的出口。

過了一會兒，彼得問道：「那個女記者說的『最精采的一刻』指的是什麼？」

佑斯圖聳聳肩膀說：「不知道。不過，他們一定想出了一個驚人

的場面來收場。籌備這場假魔術一定花了他們好幾個星期的時間。血紅色的噴泉、玉米田裡的圓圈、藍色煙霧、雷射光，還有那顆大水晶。而這一切都是為了衝高『今日加州』的收視率。我敢打賭，把玉米田燒掉的人也是他們，為了消滅證據。」

「你忘了還有從下水道裡傳出的聲音。」鮑伯補了一句，然後他突然跳起來。「沒錯，現在我也知道我們該怎麼離開這裡了——走下水道。我們不是看過那些平面圖了嗎？從這棟屋子有入口可以直接進入下水道。」

想到要通過汙水管道，彼得的臉色陰沉下來。他想起他們曾經有過一次類似的經驗。彼得猶豫的跟在兩個朋友後面走進電影放映室。

到了之後，他們就研究起那張下水道平面圖。

鮑伯匆匆把圖攤開。「我們得從這下面進去。最好是把戲院的平面圖也帶著，那我們就能更快找到地下室。進入下水道之後，我們想去哪裡都可以。你們看，有人在這個出口旁邊寫著『噴泉』，還畫了一個圓圈。」

接著他們就動身前往地下室。首先他們得再度穿過放映大廳，然後再走過銀幕後面那條走道。這一次，自動播放的那段鬼片已經嚇唬不了他們。接著再穿過好幾條分岔出去的走廊和樓梯，就抵達了地下室。那裡又冷又溼，讓人很不舒服。

「這裡好臭。」彼得捏著鼻子說。要不是有手電筒，他們絕對找不到路。在地下室的許多地方還存放著當年岩灘市義勇消防隊的用具。如今要是失火了，則是由附近社區的職業消防隊負責救火。三個問號發現了破破爛爛的消防水管、木梯、滅火器、成套的防護衣加上防毒面具。最後他們來到放置暖氣設備的地方。

鮑伯用手電筒去照那張平面圖。「這裡的地板上一定有個蓋子，掀開蓋子就能直接通往下水道。」

佑斯圖若無其事的說：「你不需要花時間去找，因為你就站在上面。」

他們一起動手掀起那個沉重的蓋子，讓它倒在一邊。

「我敢打賭，那個攝影師也常走這條路。」鮑伯說。

腐臭的氣味朝他們迎面撲來。佑斯圖拿手電筒往深處照。那是一道垂直向下的豎井，側面牆壁上有充當梯子的鐵條突出來。

「這實在太噁心了，」彼得忍不住嘀咕，「如果從這裡爬下去，之後得洗三年的澡，才能把那些髒東西洗掉。」

「你可以去拿一件消防隊員的防護衣穿上啊。」鮑伯笑著說。

佑斯圖揉捏著下唇，然後說：「這個主意其實很不錯。你們知道這些防護衣讓我想起什麼嗎？」

彼得露出高興的表情，脫口而出：「外星人！」

佑斯圖說：「沒錯。如果在市集廣場上突然有三個外星人從地底下鑽出來，你們覺得怎麼樣？這其實是大家都在等待的事。我真想看看蘇珊・桑德斯的表情——如果我們搶走了她精采結局的鋒頭。」這個念頭讓彼得和鮑伯都很興奮。

他們穿上沾滿灰塵的防護衣，每個人都找了個防毒面具戴上。袖子和褲管都太長了，得要捲起來。

鮑伯最先穿好，用低沉的聲音說：「地球人，我向你們問候。」

接著他們就動身爬進下水道。

17

攤牌時刻

他們一個接一個的順著鐵條梯子往下爬，爬了大約三公尺。接著有一條更窄的通道通往下方。又爬了幾公尺之後，他們抵達一個更大的地窖。下水道呈放射狀般從這裡分岔出去，水道中一股發臭的濃稠液體從他們旁邊流過。

「噁。我現在就想把防毒面具闔上。」彼得呻吟著。鮑伯和佑斯圖也照著做了。

「鮑伯，接下來怎麼走？」佑斯圖問。他的聲音從防毒面具後面發出來，聽起來的確像個太空人。

鮑伯指著緊貼著他們的那條下水道說：「按照平面圖來看，我們只要一直沿著這條走道走，就會抵達噴泉。」

他們盡可能貼著牆邊走，免得踩進汙濁的廢水。水滴落下的聲音從牆壁上傳來回音。

「佑佑，希望我們不會碰到你所說的會說話的老鼠。」鮑伯小聲說，然後輕輕的笑了。彼得覺得這一點也不好笑。

手電筒的光線漸漸開始閃動。

「偏偏又碰上這種事。電池快沒電了。」彼得埋怨著。光線愈來愈微弱，終於，他們看見走道盡頭的牆壁上有幾根鐵條梯子。

「就是這裡了。」鮑伯發出一聲歡呼。「噴泉想必就在我們正上方。」他們沿著那些鐵條往上爬，打開了一個蓋子。可是他們並沒有來到市集廣場，而是來到一個有許多水管、馬達和閥門的小空間。

「我知道我們在哪裡了！」佑斯圖喊道，「你們還記得那些在噴泉旁邊工作的工人嗎？我們現在就在噴泉旁邊的豎井裡。這些是抽水裝置。」

彼得在一個角落發現了一個鐵桶。「現在我們也解開了最後一個謎題。這個桶子曾經裝過演戲用的假血，拍電影的時候會用到很多這種東西。有人可以偷偷到這裡來，把這種紅色液體灌進抽水裝置，血紅色的水就會從消防員弗瑞德的雕像所拿的水管裡噴出來，像奇蹟一樣。」

三個小偵探感到很自豪。

市集廣場上的聲音從上面傳下來。

「你們說話小聲點，」佑斯圖輕聲的說，「我想，上面正在說話的人是提博。」佑斯圖謹慎的把上方的鐵蓋推開了一條小縫。他們瞇起眼睛，小心的望向市集廣場。在他們正前方是提博身上那件彩色斗篷。他太太瑪雅不時從旁邊掠過。

「塔拉巴亞，塔拉巴亞……」他不停的喊，揮動著他的測泉杖。

雷射光在天空中閃動，蘇珊・桑德斯不停的評論著所發生的事件。偶爾會聽見那名年輕警察的聲音從擴音器裡傳出來。「請各位回家去。這裡沒什麼好看的。這件事涉及國家安全。」

鮑伯指著噴泉圍欄上那塊發光的水晶，輕聲的說：「這一定就是她說的精采好戲。」

提博喊得愈來愈大聲，眾人亂叫亂嚷。突然一聲爆炸般的巨響，從水晶裡冒出黃綠色的煙霧。

「塔拉巴亞！」提博像著了魔似的大喊。幾個看熱鬧的人也一起喊。後方有個沙啞的聲音響遍了廣場：「他們來了！他們終於來了！來，小波，跑過去跟他們握握手。」

蘇珊·桑德斯的聲音變得尖銳刺耳。這可說是她年輕記者生涯中最重要的一天。

「現在！」佑斯圖喊道，一把掀開了鐵蓋。他們一個接一個的從豎井裡爬出來，站在探照燈耀眼的光線中。

剎那間，岩灘市一片死寂。

蘇珊·桑德斯愣住了，張大嘴巴，麥克風從她手裡掉落。提博在驚嚇中折斷了他的測泉杖，瑪雅則暈了過去。

佑斯圖、彼得和鮑伯以從容不迫的步伐走到那塊水晶旁邊，圍著它站成一圈。水晶裡仍舊一直冒出黃綠色的煙霧。

就這樣過了好幾分鐘。

三個問號舉起手，抓住頭上戴的防毒面具，同時把防毒面具摘下。

眾人不知所措的呆望著他們。波特先生也在看熱鬧的人群中，抱著一疊印了字的T恤。這今天晚上他做了不少生意。「這不是從舊貨回收場來的那三個小孩嗎？」他的聲音打破了寂靜。「沒錯，這是佑斯圖、彼得和鮑伯！」眾人開始竊竊私語。

佑斯圖深深吸了一口氣。「你們本來是怎麼想的呢？難道你們真的相信是外星人從下水道的蓋子底下爬出來嗎？」許多人尷尬的低頭看地上。

佑斯圖繼續說：「岩灘市的人被玩弄了。」

「而且我們也知道搞鬼的人是誰。」鮑伯加了一句。

提博突然伸手去拉他綁成辮子的白髮，那是頂假髮。瑪雅也已經醒過來，帶著知錯的表情站在他旁邊。

「是的，我們被揭穿了！」提博對著人群喊道。

大家都看著他，不明白這是怎麼回事。三個小偵探也同樣驚訝。接著大家又聽見另一個熟悉的聲音。是那個抱著小胖狗的老太太。「很遺憾，我們不得不承認這一切都是一場戲。」她也戴著一頂假髮，踩著高跟鞋，「篤篤篤」的走到提博和瑪雅身邊。

那名年輕警察想對著擴音器說些什麼，卻一句話也說不出來。他身後一個老人手裡拿著美國國旗，把這個困惑的警察推開，對大家說：「我很抱歉必須這麼說，但是各位在此地所見到的一切，沒有一件是真的。除了前面那三個穿著奇怪衣服的鬼靈精之外，其餘的一切都是演戲。只有這三個小孩不在我們的劇本上。」

就在這一刻，女記者拾起了她的麥克風：「三、二、一……這裡是蘇珊．桑德斯在岩灘市所做的實況轉播。不可思議的一幕正在此地發生。三個小孩子剛剛揭穿了電視史上最大的騙局。是的，各位先生女士，我們承認有錯。我們欺騙了全國的觀眾。我們從幾個星期前就開始籌備這個驚人的事件，參與的人包括我們的攝影師和傑出的技術人員，以及來自好萊塢的一個優秀劇團。」提博、瑪雅和那位老太太鞠了個躬。「尤其是我們的節目總監哈里斯先生。」她指著拿著國旗的那位老先生。

哈里斯朝這名女記者走過去，接過她手裡的麥克風。「我想要向這座城市的居民以及電視機前面的觀眾道歉。每一個節目總監都希望一生中能有一次讓全世界的人屏住呼吸，希望能吸引住全國的觀眾。」現在他直接對著攝影機說：「不過，親愛的觀眾，這不也是各位的願望嗎？各位不也在尋找不可思議、非比尋常的事物嗎？是的，各位不也在尋找外星人嗎？我們只不過是幫忙各位實現人類的一個夢想罷了。我們今日的現場實況轉播就到此為止。『今日加州』，請各位繼續收看！」這句話一說完，攝影機的燈光就熄滅了。那塊所謂的水晶也已經不再冒煙。

眾人張口結舌。過了好一會兒，才又有人說得出話來，有幾個人甚至猶豫的鼓起掌。電視臺的工作人員熱心的回答看熱鬧的人提出的問題。甚至有人請蘇珊・桑德斯簽名。幾乎沒有人還對三個問號感興趣。

佑斯圖搖搖頭，小聲的說：「我覺得大家並不那麼氣電視臺那些騙子，反而比較氣我們。看來他們寧可要外星人，而不要真相。不過，這個案子解決了。」

他的兩個朋友點點頭。接著他們脫掉那身防護衣，疲憊的朝他們的腳踏車走去。

「我現在只想回家。」彼得呻吟著。

「我只想泡在浴缸裡，然後上床睡覺。」鮑伯附和他。

突然，擴音器裡傳出的沙啞聲音響遍了市集廣場，那名年輕警察在喊：「請注意，請注意，這裡是警方。請所有參與此次違法行為的人到我這裡來報到。請不要反抗，事情牽涉到國家安全。」

「在所有聚集在此地的人當中，還有誰是真正無辜的嗎？」雷諾斯警探插嘴喊道。

「有啊，甚至是完全無辜。」佑斯圖咧嘴一笑，指著那隻小胖狗說。小波掙脫了牠女主人的懷抱，蹦蹦跳跳的朝著三個問號跑過來。然後牠終於乖乖的伸出腳掌來握手。

3個問號偵探團——10

外星疑雲

作者｜晤爾伏・布朗克（Ulf Blanck）
繪者｜阿力
譯者｜姬健梅

責任編輯｜呂育修
封面設計｜陳宛昀
行銷企劃｜陳詩茵

發行人｜殷允芃
創辦人兼執行長｜何琦瑜
副總經理｜林彥傑
總監｜林欣靜
版權專員｜何晨瑋、黃微真

出版者｜親子天下股份有限公司
地址｜台北市104建國北路一段96號4樓
電話｜（02）2509-2800　傳真｜（02）2509-2462
網址｜www.parenting.com.tw
讀者服務專線｜（02）2662-0332　週一～週五：09:00~17:30
傳真｜（02）2662-6048　客服信箱｜bill@cw.com.tw
法律顧問｜台英國際商務法律事務所・羅明通律師
製版印刷｜中原造像股份有限公司
總經銷｜大和圖書有限公司　電話：（02）8990-2588

出版日期｜2021年6月第二版第一次印行
　　　　　2021年6月第二版第二次印行

定價｜300元
書號｜BKKC0046P
ISBN｜978-626-305-007-5（平裝）

國家圖書館出版品預行編目(CIP)資料

3個問號偵探團. 10, 外星疑雲 / 晤爾伏.布朗克文；阿力圖；姬健梅譯. -- 第二版. -- 臺北市：親子天下股份有限公司, 2021.06
　面；　公分
注音版
譯自：Die drei ??? Spuk in Rocky Beach.
ISBN 978-626-305-007-5(平裝)
875.596　110006559